「こうして再会できたのも
何かの縁ですし、せっかくなので
皆で探しにいきませんか？
魔王の力を封じる封輪を」
レナートス・ツァンパッハ
元勇者パーティの吟遊詩人。
うさんくさい話をリタたちに持ち掛ける。
アデーレ・ローレ・グラフ
元勇者パーティの法術士。
偶然、迷宮都市でリタたちと合流する。
リタ・ヴァイカート
元勇者の少女。
突如逃げ出した魔王シグルズを追って
迷宮都市を探索中。

魔王様が迷宮で大暴れ!?

「大丈夫だよ、エマちゃん。
俺が絶対に助けてみせるから、
二人で地上に戻ろう、ね？」
シグルズ
魔王バレしたために農村から逃げだした
元農夫・現探索者。
力は隠して、新たな仲間たちと
コツコツ迷宮を探索中。
エマ
シグルズの後輩にあたる魔術師の少女。
たまに普通じゃないところを見せる
シグルズに驚かされてばかり。

「――ねえ、そんなところに隠れてないでさ。
出てきなよ、ジグっさん」
口元に微笑を携え、エマのほうに振り返った金髪の女性。
しかしその目は笑っておらず、
先ほどエマを助けたときの輝きが失われている。
「や、やぁ！
こんなところで会うなんて奇遇だね。
別に隠れてたわけじゃないよ！」

山川海 著
YAMAKAWAUMI
illustration 鍋島テツヒロ

He had already retired!

引退魔王は悠々《ゆうゆう》自適《じてき》に暮らしたい vol.2

辺境で平穏な日々を送っていたら、女勇者が追ってきた

口絵・本文イラスト　鍋島テツヒロ

もくじ
Contents

序章

吟遊詩人は魔王を追う

シュテノヴ東の港街ヴェリユック。

交易都市として栄えているこの街は、シュテノヴの玄関口《げんかんぐち》として、海の向こうの国との取引を行う拠点《きょてん》となっている。

煉瓦造《れんがづく》りの建物に、爽《さわ》やかな潮風の香る街並み。もっぱら商人が多いが、人と異邦人《バーレルセル》問わず活気ある人々が行き交《か》っていた。

ヴェリユックの街の立派な宿屋。その一部屋に、華《はな》やかな服装に身を包む茶髪《ちゃぱつ》の青年が泊《と》まっている。青年はレナートス・ツァンパッハを名乗る者。

「――ええ、この目で見ましたよ。伝説の誇張《こちょう》かと思っていましたが、凄《すさ》まじい威力《いりょく》でしたね。仰《おっしゃ》っていた通りです」

上質な生地《きじ》のベッドが設置され、高級そうな調度品に飾《かざ》られた室内。レナートスは熟練の木彫《きぼ》り職人が作った木製の椅子《いす》に腰掛《こしか》ける。テーブルを挟《はさ》んだ向こうの椅子には、大きなキャスケットを深めに被《かぶ》る銀色の瞳《ひとみ》の少女が座《すわ》っていた。

しかし、レナートスはその少女に語りかけるように喋《しゃべ》ってはいるが、会話をしている相手は別にいる様子。

「――無理を言わないでください。僕《ぼく》では異邦《いほう》の王にちょっかいをかけることなんてできませんよ。太い人から逃《に》げるのに精一杯《せいいっぱい》だったもので」

楽しそうに笑いながら話すレナートスと向かい、少女は人形のように無表情のまま。銀《ぎん》髪《ぱつ》のはみ出るキャスケットの上から、両方のこめかみに左右の人差し指を当て、じっと遠くを見据《みす》えるだけ。

「――そちらの存在には気が付いていないようですが、ディルク・フンボルトを本気にさせたら厄介《やっかい》です。諜報《ちょうほう》戦なら異邦の王よりはるかに恐《おそ》ろしい相手ですからね。ただ、港を封鎖《ふうさ》していないところを見ると、今回は僕を泳がせるつもりもあるみたいですし、甘《あま》えさせてもらいます」

会話の内容には興味なさそうに、自分の仕事に集中していた。

「――僕は引き続き異邦の王の動向を追います。こちらの仕事もありますので……異邦人の恐怖《きょうふ》を人々がまた思い出すことができたなら、停滞《ていたい》した世界はきっと動くでしょうね」

目の前にはいない〝誰《だれ》か〟と話すレナートスは、爽やかな笑《え》みを浮《う》かべ、会話を締《し》めくくる。

「――それでは、また何か進展がありましたらご報告します。それでは、〝より良き世界のために〟、そして、より語りがいのある世界のために」

キャスケットの少女は、〝お話〟が終わったと同時に視線を遠くからレナートスに向ける。ゆっくりとこめかみに当てていた手を降ろし、無表情のままレナートスに小さな声で告げた。

「……お金」

レナートスは懐《ふところ》から金貨を二枚取り出し、木製テーブルの上に置く。短い〝伝心〟にかなりの高額を取られるが、遠方の地と会話できる少女の能力は、普通《ふつう》の異邦人《バーレルセル》には無い比類なきもの。

キャスケットの少女は目の前の金貨を両手で一枚ずつ取ると、無表情から一転、ニタニタと嫌《いや》らしい笑みを浮かべた。

「本当に便利な能力だね、郵便屋さん」

レナートスが少女を〝郵便屋〟と呼ぶ。頼《たの》まれれば、どんな物を何処《どこ》にでも届ける優秀《ゆうしゅう》な配達人。それがたとえ、目に見えない声であろうとも。見た目は幼く無口な少女だが、超感応体質《ちょうかんのう》と呼ばれる脅威《きょうい》の能力を持つ異邦人だ。お金が大好き。

「今のお話はくれぐれも内密にね」

大きな肩掛け鞄《かたかかばん》に金貨を大事そうにしまう郵便屋は無表情を作り直し、レナートスに向けてふんふんと頷《うなず》いた。

「大丈夫《だいじょうぶ》、秘密厳守」

いつもの口癖《くちぐせ》を言って椅子から降りると、黙《だま》って部屋の出口へと向かっていく。

仕事が終わったら余計なことをせず、直《す》ぐに帰るのが郵便屋のポリシー。顧客《こきゃく》と余計な接点を持たないことが、仕事を円滑《えんかつ》に進める上で重要だと、長年の経験で理解している。

「あれ、もう行くのかい？」

「……次の仕事」

「郵便屋さんはいつも忙《いそが》しいね。あ、よかったら君が預かっている異邦の王宛《あて》のお手紙を見せてくれないかな？　お金はきちんと払《はら》うから」

「だめ、秘密厳守」

振《ふ》り返った郵便屋は、無表情のままレナートスを睨《にら》みつけた。これ以上の問答は許さない、と言っているかのように。

レナートスは無愛想な子だな、と思いながら、扉《とびら》から出て行く小さな背中を見送った——

——。

第一章

引退魔王は壁を掘る

ルトイッツ地下迷宮《めいきゅう》――。

世界各地に点在する古代建造物の一つ。ザースデン首都より西、ルトイッツ大平原にて発掘《はっくつ》された遺跡《いせき》である。

随分《ずいぶん》と昔から現地の人々に遺跡の存在を把握《はあく》されていたものの、ルトイッツ地下迷宮が有名になったのはここ六十年ほどの話。それまで、〝神〟に祈《いの》りを捧《ささ》げるため昔の人々が掘った祭壇《さいだん》程度に思われていた遺跡に、地中奥深《おくふか》くへと続く道が発見されたのだ。

広大な地下迷宮は世界五大遺跡の一つとして数えられ、現在までに多くの探索者《シーカー》たちが挑戦《ちょうせん》するも、未《いま》だに全容の解明には至っていない。それはルトイッツ地下迷宮に限らず古代遺跡全てに言えることだが、探索者たちの行く手を阻《はば》む二つの大きな危険に原因があった。

まず一つ目が、迷路《めいろ》のように入り組む広大な地下空間。自然の産物か、人為《じんい》的《てき》に作られたものか、地下迷宮には領域《エリア》と呼ばれる大小様々な空間が無数に存在し、それらを入り組んだ連絡路《れんらくろ》が繋《つな》いでいる。果てしなく続く洞窟《どうくつ》のような遺跡は、地図無しで進むことができず、現在地を見失えば地上に戻《もど》ることが絶望的となる。

そして二つ目、長年濃《こ》い魔素に蝕《むしば》まれた遺跡には、とても凶暴《きょうぼう》な生物が存在している。通称《つうしょう》〝魔素溜《だ》まり〟と呼ばれる地下迷宮内の空気を吸い続け、独自の進化を果たした獣達《けものたち》。人はそれを狂《くる》った獣《けもの》、〝狂獣《ベーゼ》〟と呼ぶ。

地下迷宮は下層に行けば行くほど濃い魔素溜まりとなり、やがて瘴気《しょうき》と呼ばれるまでに濃くなっていく。魔素により変質した獣達は、強力な力を持つ狂獣となって探索者の前に立ちはだかった。遺跡の奥深くには、熟練の探索者でも簡単に命を落としてしまうほど、危険な生物が跋扈《ばっこ》している。

ルトイッツ地下迷宮も、これまでに幾度《いくど》か大規模な探索隊が派遣《はけん》され、調査されてきたが、いずれも最下層まで到達《とうたつ》することはなかった。地下への遠征《えんせい》費用も馬鹿にならないので、ザースデン政府や〝遺跡管理局〟も現状維持《いじ》の方針を取っている。

難攻不落《なんこうふらく》の遺跡として名を馳《は》せたルトイッツ地下迷宮には、探索者の聖地の一つとして世界各地から人々が集まり都市が建設されるまでに。大草原の真ん中に突如《とつじょ》現れる遺跡都市ルトイッツとして、日夜賑《にぎ》わいを見せていた。

地下迷宮で毎日のように生まれる探索者たちの冒険譚《ぼうけんたん》。今回語るのは、数多《あまた》いる探索者たちの中でも少し、否、かなりポンコツな仲間《パーティー》たちの物語である――。

▼

ゴツゴツとした岩壁《がんぺき》に囲まれる比較的《ひかくてき》小さな領域《エリア》を、天井《てんじょう》に埋《う》まった光石《こうせき》の薄明《うすあ》かりが照らす。周囲に漂《ただよ》うのは、土と獣の血《ち》生臭《なまぐさ》い匂《にお》い。

血だまりの上に立つ作業帽《さぎょうぼう》とツナギ服の男は、かつては魔王とまで呼ばれ、世界を破滅《はめつ》に導いた異邦人。鮮血《せんけつ》に染まりながら眼前の獣を見下ろし、不敵な笑みを浮かべる。己《おのれ》が持つ圧倒的《あっとうてき》な力を誇示《こじ》するよう刃物を巧《たく》みに操《あやつ》り、獣の肉と皮を丁寧《ていねい》に裂《さ》いていると、

「――おい、シグ！　まだ皮剥《かわは》ぎ終わらないのか！」

「あ、ごめん！」

「ちっ、そんなものすぐに終わらせるのが探索者だ！　ちんたらやってると命を落とすことになるぞ！」

新米の荷物持ちに眉間《みけん》に皺《しわ》を寄せて叫《さけ》ぶのは、デニス・ホイルス。五人の探索隊をまとめるリーダー的存在であり、卓越《たくえつ》した剣《けん》の使い手。二十八歳《さい》という年齢《ねんれい》ながら、十代の頃《ころ》よりルトイッツ地下迷宮に幾度となく挑戦し、生還《せいかん》して来た熟練探索者だ。長年遺跡に潜《もぐ》

り続けた経験もあり腕《うで》も確かなのだが、なかなか仲間に恵《めぐ》まれず、もとい、意識が高すぎる上に口が悪いので仲間がすぐに離《はな》れてしまい、地下迷宮の上層辺りを彷徨《うろつ》きながら燻ってきた男でもある。

「デニスさん、シグさんも一生懸命《いっしょうけんめい》やってくれてますし――」

烈火《れっか》の如く怒《おこ》るデニスを宥《なだ》めるように、薄手《うすで》の白い法衣《ほうえ》に身を包む女性、エーファ・テア・エックが口を開く。

太めの眉《まゆ》を八の字に寄せ、恐る恐るリーダーのデニスに進言。しかし、エーファがいくら巨乳《きょにゅう》で露出《ろしゅつ》多めの法衣に包まれた、ムチムチのドスケベボディだろうと、デニスが容赦《ようしゃ》することはない。

「何言ってるエーファ！　シグはもう俺《おれ》たちのパーティーに入ってから一ヶ月も経《た》つんだぞ！　なのにこんな黒犬の皮《かわ》剥ぎくらいまともに出来ないなんて、やる気がない証拠《しょうこ》だ！」

荷物持ちのシグが捌《さば》いているのは、黒犬と呼ばれる狼《おおかみ》に似た狂獣の皮。とても臭《くさ》い上に、上層の狂獣にはあまり価値がないので持ち帰る探索者は少ないが、黒い毛皮を持ち帰って地上で売れば幾《いく》ばくかのお金になる。元はといえばお金に困っているデニス探索隊のため、農家で牧畜《ぼくちく》もやっていたというシグが率先《そっせん》して始めたこと。しかし、綺麗《きれい》に余すところなく行う獣の捌き方と、探索者たちが行う捌き方ではどうやら勝手が違《ちが》う様子。常に危険と隣《とな》り合わせの探索者には、丁寧さより速度が求められていた。

憤《いきどお》るデニスとおろおろするエーファ、汗水《あせみず》垂らして謝《あやま》りながら狂獣を解体するシグ。そして三人を遠巻きに眺《なが》めていたふくよかな男と、とんがり帽子《ぼうし》を被る細身の少女。

ふくよかな男がシグに近寄って声を掛《か》ける。

「シ、シグさん、僕も何か手伝おうか？」

中年太りの腹の肉を弛《たる》ませながら屈《かが》むのは、ボニファーツ・ピュットリンゲン。通称ボニさん、四十二歳。探索者になる前はザースデン首都でパン職人の仕事に従事していたが、一念発起《いちねんほっき》して転職。今では鍋《なべ》の蓋《ふた》の盾《たて》と棍棒《こんぼう》を持ち戦士となり、探索隊の前衛を担当している。転職したのはつい四ヶ月前であり、探索者としての実績は皆無《かいむ》。

「大丈夫だよ、ボニさん。血で汚《よご》れちゃうし、周り警戒《けいかい》しててよ」

「おいボニ、勝手なことするな！　探索者というのは各々《おのおの》の分担された仕事をしっかりと全《まっと》うするんだよ！」

「あ、ごめんデニス君」

自分より後に探索隊に入ったシグを心配するも、デニスに怒られそそくさと持ち場に戻る。シグが来る前はボニファーツが毎日怒られる立場だったので、気持ちが良くわかっていた。

不機嫌《ふきげん》に鼻を鳴らすデニスはまだ気が収まらないのか、黙りこんでいた少女も注意する。

「それとエマ、お前は後衛だ。無理に前へ出ようとするな、エマの細身じゃ一撃《いちげき》で殺されるぞ」

先ほどの戦闘《せんとう》にて、黒犬の群れ相手に混乱し、杖《つえ》を振り回すことしかできなかったエマ。危ないところをシグに引っ張られ、間一髪《かんいっぱつ》のところで黒犬の牙《きば》を躱《かわ》していた。

エマはつい最近デニス探索隊に入った魔術士《まじゅつし》で、歳も十四歳と若く戦闘経験も殆《ほとん》ど無い女の子。

「はい……」

そういった点も含《ふく》めてデニスもやり辛《づら》そうな表情を作るが、エマ自身も先ほどの件には深い反省の色を見せていた。小さな鼻に皺を寄せ、樫《かし》の木で作られた大きな杖を抱《だ》きしめ、黒いローブへと押《お》し付ける。

「大丈夫よ、エマちゃん。私について一緒《いっしょ》に立ち回れば怪我《けが》もしないから」

同じ女性の後衛担当であり、落ち込《こ》むエマに優《やさ》しい言葉を掛けるエーファ。十も歳下の女の子に向け、お姉さんに任せなさい、といった感じで胸を張ると豊満な乳が揺《ゆ》れる。

将来はあんなになれそうにない、とエマが二重の意味で落ち込みそうになったところで、シグが声を上げた。

「終わった！」

黒犬三匹《びき》分。血生臭い黒い毛皮を大きな背嚢《はいのう》に括《くく》り付け弾ける笑顔《えがお》を浮かべるシグ。額を手の甲《こう》で拭《ぬぐ》えば、獣の血が伸《の》びる。地下迷宮内を照らす光石の薄明かりでは、ほんのり怖《こわ》さも演出されていた。

エーファとボニファーツは苦笑い、エマが獣を解体して微笑《ほほえ》むシグに少し引いているが、お構いなしのデニスが声を上げる。

「よし、行くぞ！」

口煩《くちうるさ》いリーダーと清純派だけどちょっとエロい格好の法術士、そしてあまり戦力にならない新米三人を含めたパーティーは、今日も一攫千金《いっかくせんきん》を夢見て地下迷宮《ダンジョン》に潜っている。

▼

探索者《シーカー》たちの探索目的は多岐《たき》に亘《わた》る。

魔石の採掘《さいくつ》作業や狂獣の素材集めに潜る者、遺跡管理局に寄せられた依頼《いらい》を受けて潜る者、純粋《じゅんすい》な興味から地下迷宮の下層を目指す者。さらには、強い狂獣の討伐《とうばつ》や、遺跡を踏《とう》破《は》して名声を得ようと躍起《やっき》になる者たちまでいる。

彼《かれ》らの生活に安定はないが、魔石や狂獣の素材を集めて地上に持ち帰れば金にはなる。値段は魔石の純度や狂獣の希少性にもよるが、中層まで潜れるようなパーティーになれば食うに困ることはない。遺跡は潜れば潜るほど価値のある物が埋まっているからだ。

当然ながら、多くの探索者は汗水垂らして地道に稼《かせ》ぐより、より深い層にある希少品を狙《ねら》っている。特に遺跡の下層に存在する〝古代の遺物〟を見つけて売れば財産を一山築けるほど。

報酬《ほうしゅう》を貰《もら》う依頼を受けていない限り所有権は探索者に認められるため、過去に大きな遺跡を踏破した者は莫大《ばくだい》な財産を手にしたと噂《うわさ》されていた。遺物の行方《ゆくえ》は遺跡管理局の監視《かんし》対象になるが、遺跡最奥《いせきさいおう》にある〝神器〟を最初に手にした遺跡踏破者《ダンジョンマスター》には、相応の名声と報酬が与《あた》えられるのだ。

地下迷宮《ダンジョン》には夢が埋まっている――とまで云《い》われる古代遺跡。但《ただ》し、誰もが気軽に挑《いど》めるわけではない。遺跡には様々な危険が伴《ともな》うため、未熟な者たちが無謀《むぼう》にも中層や下層に挑んでしまった場合、簡単に命を落としてしまうからだ。過去には探索者同士の奪《うば》い合いや多くの死者を出したことがあり、大問題となった。

そうした経緯《けいい》を含めて設立されたのが遺跡管理局であり、遺跡に入るためには探索許可証《シークライセンス》の提示が義務付けられた。

もちろん探索許可証は簡単に取得できるものではなく、遺跡管理局が実施《じっし》する厳しい試験を通り抜《ぬ》けた者にしか与えられることはない。そして、許可証一枚につき随行者《サポーター》は五人まで。熟練の探索者が、一人で指揮することができる最大人数として決まっている。

無断の盗掘《とうくつ》を避《さ》ける名目でもあるが、勇敢《ゆうかん》と蛮勇《ばんゆう》を履《は》き違えた未熟者たちを守るために、探索者たちは厳しく管理されていた。

デニス達のパーティーで言えば、リーダーであるデニスが許可証を持つ探索者《シーカー》であり、他の四人が随行者《サポーター》となる。

デニスは徒弟《とてい》制度として遺跡周辺に数多《あまた》集まる〝探索者組合《シーカーギルド》〟のどこにも所属していないため、たった四人だけの仲間だった。

比較的広さはあるが、光石の明かりが少ない薄暗《うすぐら》い領域。小さなツルハシを持って黙々《もくもく》と壁を叩《たた》くデニス探索隊の面々。カツカツ――とか細い音が鳴るたびにエーファの豊満な乳が揺れる。

五人がいるのは、上層の魔石採掘場《さいくつじょう》で、今日は上質な魔石を見つけて一発当てよう、というのが探索目的だ。

「見つからないですねぇ……」

しかし、地下迷宮上層の採掘場では魔石も殆ど取り尽《つ》くされているため、純度の低い魔石でもなかなか見つかることがない。エーファは太い眉を垂らしながら額の汗《あせ》を拭ってい た。

ルトイッツ地下迷宮は大きく四つの層に分けられている。比較的安全に探索することができる上層、経験を積んだ探索者が命を懸《か》けて挑む中層、そして獰猛《どうもう》な狂獣が跋扈する下層。さらに深層と言われる領域があるが、一流の探索者でも挑む者はほとんどいない。

他の遺跡に比べ層が浅く、直接向かえば下層まで半日もかからずにたどり着くことができるため、ルトイッツ地下迷宮は発見されてしばらくすると、一攫千金を狙う探索者たちから人気の遺跡となった。しかし、延々と横に広がる迷路のような地下空間の、下層に向かった未熟な探索者が狂獣の餌食《えじき》となり、数多の行方不明者と死亡者を出す結果となった。現在、地図製作のおかげで踏破率は上層で八割、中層で五割、下層で二割と言われている。

シグたちが魔石発掘作業を行なっているのは上層であり、めぼしい魔石は既《すで》に取り尽くされているので同業者の姿も疎《まば》ら。深く潜ればそれなりの成果は上がる筈《はず》なのだが、新米三人を抱《かか》えるパーティーでは中層の採掘場に向かうこと自体が難しかった。

「諦《あきら》めるなエーファ、運が良ければ未開拓《みかいたく》領域が見つかることもある」

一人気合いを入れ、ガツンガツンと壁を打つデニス。壁を削《けず》り掘り進《すす》めていけば、時たまお宝の山のように魔石が見つかることもある。上層では著《いちじる》しく低い可能性だが、デニスは諦めることなく、高値で取引される魔石を求めて壁を削っていた。

壁をコツコツと叩きながら歩き回るエマに、少し離れたところではガリガリと土壁《つちかべ》に文字を描《えが》いて遊ぶボニファーツ。運任せで一攫千金を求め、心を一つに壁を削る仲間たち。しかし、足並みを乱す男が一人いた。

「おいシグ、お前何を集めてるんだ?」

麻袋《あさぶくろ》の中身をやけに光らせるシグに、デニスが声をかける。

シグはツルハシで壁を叩く手を休め、満面の笑みを浮かべながらデニスに麻袋の中身を見せた。

「え? 光石だけど」

集めていたのは光石。夜の闇《やみ》を照らし、人々の暮らしの中で役立つ生活必需品《ひつじゅひん》であり、地上に持ち帰れば売ることもできる光る石。しかし、

「そうか、捨ててこい」

地下迷宮の其処彼処《そこかしこ》を照らす石に希少性などあるはずも無く、売ったとしても二束三文。非常に硬《かた》いためツルハシもすぐに欠けてしまうし、探索者たちにとっては無駄《むだ》な荷物にしかならない。

デニスはすぐさまシグに光石を捨てるよう指示し、エマに採掘の仕方を教えてこい、と命令した。

シグは隊長の指示通り、暇《ひま》そうに壁を叩いていたエマを捕《つか》まえ、まだ誰も掘り進めていなそうな壁に向かう。

頑強《がんきょう》そうな土壁を前に立つシグとエマ。シグがひとたびツルハシを振れば、ドンと鈍《にぶ》い音と共に土壁が粉々に砕《くだ》け散り、粉塵《ふんじん》が宙に舞《ま》う。壁はまるで小さな爆発《ばくはつ》でも起きたかのように、大きく抉《えぐ》れた跡《あと》が残った。

お手本を見せて満足げなシグは、エマにツルハシを渡す。

「はい、やってみて」

「はい？」

エマは想像と随分違《ずいぶんちが》うツルハシの威力を見せられ、ぽかんとした顔を返すしかなかった。何をどうやれば、あんなに壁が抉れるかもわからない。

ツルハシを抱え困惑《こんわく》するエマの様子に、シグは（しまった！　初心者の女の子が大きなツルハシを簡単に扱《あつか》えるわけがない）と慌《あわ》てる。

「あ、ごめん、いきなりは難しいよね！　まずはこの小さなツルハシから始めようか」

シグは背嚢から小さなツルハシを二本取り出し、片方をエマに手渡《てわた》す。

「こっちに慣れたらさ、大きなツルハシを使って簡単に壁を掘れるようになるから」

「えっと……まあ、はい」

エマは、さっきのツルハシは魔導《まどう》技術か何かの特別な道具なのだろうか、と疑問に思いつつも、シグに小さなツルハシの使い方を教わった。


――屈みこみ、小さなツルハシで黙々と土壁を叩くシグとエマ。

不慣れな作業に緊張《きんちょう》しているのか、口数の少ないエマの気分を盛り上げるため、シグは大人の男として会話を先導していかねば、という使命感に駆《か》られていた。

「エマちゃんて、若いのになんで探索者になろうと思ったの？」

「なんとなく、です」

「そっかあ」

そして、訪《おとず》れる沈黙《ちんもく》――ツルハシが壁を叩く音だけが耳に聞こえ、シグの気まずさは増すばかり。今時の若い娘《こ》たちって会話を盛り上げようとする気持ちすらないのか、という疑問も湧《わ》いてくる。

隣《となり》のエマはシグの気持ちなど構う素ぶりも見せず、クリッとした目を壁に向け、真剣《しんけん》な面持《おもも》ちで壁を叩き続けていた。

過去には憧《あこが》れの職業の一つとして数えられた探索者だが、現在において若いうちから目指す者は少ない。安定性を欠く収入源に、増え続ける探索者たち。いくら発掘品に需要《じゅよう》があると言っても、遺跡という限定された土壌《どじょう》に供給が集まり過ぎれば、一人一人の平均収入は下がっていくもの。仮に新しい遺跡が発見されても大手の探索者組合《シーカーギルド》が簡単な上層を掘り尽くしてしまい、後乗りで始めたところで大した稼ぎを得られない。

下層に挑める力を持った強き者は別としても、新たに探索者となる者は一発逆転を狙う夢追い人か、普通に働いても世間に馴染《なじ》めない人ばかりだった。特に、エマのような若い女の子が探索しているのは割と珍《めずら》しいこと。

「学校、いま休みなんで」

若い女の子との話題に悩《なや》むシグの気持ちが通じたのか、ポツリと口にするエマ。

「あ、そっかそっか！　エマちゃんは魔術学校の生徒なんだっけ？」

話題を振ってくれたことが嬉《うれ》しく、シグは水を得た魚のように質問を繰《く》り出す。やっぱり世間は〝あの娘〟みたいな女の子ばかりじゃないな、と笑顔で頷いた。

「普段《ふだん》は、ジンデアのシュトラウス魔術学校に通ってます。今は夏季休講で……思い出作りに」

エマの言うジンデアは、シュテノヴ、ザースデン、フィノイ王国に挟まれた小国であり、過去の戦争において中立を掲《かか》げた歴史ある国家。ザースデンとの国境を跨《また》ぐことになるが、ルトイッツ地下迷宮とはさほど距離《きょり》も離れていない。

エマは魔術学校の夏季休講を利用して、探索者の仕事を体験しに来ていた。

「それじゃ、たくさん良い思い出作らないとね！」

今時の若い娘は思い出作りのために地下迷宮へ潜るのか、と納得《なっとく》したシグは、エマのために気合いを入れ直す。ここで希少な魔石でも見つけて持ち帰れば、きっと一生の思い出になるはずだと。

「ようし、頑張《がんば》ろう！」

――それから、また黙々と小さなツルハシを振るう二人。いつまでたっても出てこない魔石の発掘作業。シグがツルハシを二本壊《こわ》してデニスに怒られたところで、本日の作業は終了《しゅうりょう》する。

▼

翌日――ルトイッツ商業地区の大通りで、大きな紙袋《かみぶくろ》を持って歩く大小二つの背中。シグと、とんがり帽子を被ったエマが並んで歩く。

「ツルハシと包帯と……シグさん、これで全部ですか？」

エマは、デニスから渡された用紙を眺めながら紙袋の中身を確認《かくにん》し、シグに尋《たず》ねた。

「そうだね！　あ、お腹《なか》減っちゃったし、帰りに串《くし》焼き買っていこうよ。奢《おご》るからさ」

備品の調達は新人随行者の仕事。今日のシグは壊したツルハシを新調するついでに、買い出しの仕事をエマに教えるようデニスから頼まれている。シグもまだ新人だが、年上としてエマに教えられることはたくさんあった。

「いえ、結構です。泊《とま》っている宿の奥《おく》さんが食事を用意してくれているので」

「そっかあ」

面倒見《めんどうみ》の良い先輩《せんぱい》として、エマには頼《たよ》られている――そう自分に言い聞かせながら、装備や金物が安く調達できる店を教え、懇意《こんい》にしてくれている店主たちに紹介《しょうかい》して回った。

通りの向こうから歩いてくる探索者の一団にエマの目が奪われる。腰《こし》には鉄製のワイヤーロープをぶら下げ、背中にはたくさん収納ができるポケットが付いた最新型の多機能背嚢《リュック》、頭にはお洒落《しゃれ》なゴーグルをかけ、動きやすそうな革《かわ》のジャケットとグローブを嵌《は》めた探索者たち。一目で稼いでいる探索者、とわかる見た目だった。

エマの羨望《せんぼう》の眼差《まなざ》しに気が付いたシグは、自分たちが背負っているデニスの貧相《ひんそう》なお下がり背嚢を見て、困った笑みを浮かべる。

「はっは！　頑張ればあんな良い装備買えるんだね。夢がある仕事だなあ、俺たちも張り切って採掘しないと」

「そうですね。でもあの人たちは、確か有名なソフィア探索隊ですよ。大手組合《ギルド》所属ですし、私たちの稼ぎじゃ到底《とうてい》買えないですよ。あの装備」

赤い髪《かみ》の女性を指し示し、真顔で言うエマに、シグは何も答えることはできなかった。

「人それぞれ目的は違いますから、私たちは私たちのペースでいいと思います」

「そ、そうだね！　俺も同じこと思ってた！」

シグは圧倒的年下であるエマに真っ当なことを言われ、何度も頷いた。

——宿泊《しゅくはく》区画への帰路。それまで伏《ふ》し目《め》がちに歩いていたエマが突然《とつぜん》立ち止まり、顔を上げた。目の前には街で一番大きな建物である、聖導教団支部のルトイッツ聖堂。

「どうしたの、何か気になるものでもあった？」

シグが物珍《ものめずら》しそうな様子で聖堂を眺めるエマに声をかける。

「立派な聖堂だな、と思いまして。ジンデアにはほとんどないんですよ、聖導教団の建物とか」

「ああ、そっか。エマちゃんの住んでるところは魔術が盛《さか》んなところだったね」

二人が話す聖導教団は、大陸中の法術士を育成、輩出《はいしゅつ》している団体であり、最も多くの人々が信じている宗教。その教えは、今の世界の成り立ちから始まる。

荒廃《こうはい》した世界の中で滅《ほろ》びの道を歩んでいた人々は、神によって遣《つか》わされた十三人の聖導者たちによって救われる。聖導者たちは人に生き残る道を示し、知恵《ちえ》を授《さず》け、豊かな生活を与えた。それら全てが、神から人々に与えられたものだと諭《さと》しながら。

神々のお伽話《とぎばなし》、伝承の数々——人々は神を崇《あが》め、讃《たた》え、感謝した。神が人を見捨てることはなく、聖導者を遣わし救ってくれたのだと。世界の創造主である神は、いつか人々に本当の救いを与えるために戻り、聖導者たちは〝神々の帰り〟を待っていると語った。

聖導者たちが去った後、人々は聖導者の教えを広めるために聖導教団を設立し、今も人々に慈悲《じひ》と救いを与え続けている。

「魔術士を志しているとあまり神の教えに縁《えん》がなくて。一応神学の授業もあるので知識としては知っているのですが、こうして立派な建築物を拝見すると興味がわきますね」

「あ〜、まあ、ね……あまり深くは関わりたくないけど」

過去に幾度となく聖導教団と対立したシグは、小さな声で歯切れの悪い返事をした。

シグのつぶやきは聞こえなかったのか、振り返ったエマが目を輝《かがや》かせる。

「遺跡とか探索者とか、聖堂教団も、ルトイッツはいろんなものがあって興味深いです」

「まだ歴史の浅い街だけどさ、シュテノヴとジンデアの国境に近いから交易都市としても栄えてるんだよ。遺跡発掘品《いせきはっくつ》の珍しい物が多いから、各地の行商人も集まってくる」

シグは、エマの興味が歴史や学術的なことにあるとわかり、うんうんと頷いた。勤勉な学生なんだな、と感心。

「なるほど、だから国も職業も人種も関係無くいろんな人がいるんですか」

「そうそう、異邦人も普通に働いているし。封輪はしてるけど」

「この街にいると……なんて言うんでしょうか。自分が何者でもないって感じがして、少しだけ自由になれた気がします」

エマは肩口《かたぐち》まで伸びる栗色《くりいろ》の髪を指先でいじりながら、少し照れくさそうな表情を作る。

「あ、その気持ちわかる」

エマに人指し指を向ける元魔王は、夏季休講中の学生に共感しながら、満面の笑みを浮かべた——。

▼

本日も引き続き上層の採掘作業。ガツンガツンと壁を打つデニスに、カツカツとか細い音と共に豊満な乳を揺らすエーファァ、ガリガリと絵の続きを仕上げるボニファァーツ、そして新品のツルハシを勢いよく振りながら、土壁を砂糖菓子《がし》のようにぼりぼりと削っていくシグ。

縦横無尽《じゆうおうむじん》に大きなツルハシを振りまわすシグを横目に、エマは土壁をコンコンと叩きながら歩いていた。

いつも通り、何の成果も上がっていない。一体自分たちは何のために遺跡の壁を掘っているのか、本当にここで壁を掘り続けることが正解なのか、微《かす》かな不安が芽生える。しかし、壁を掘り続けることで無心になり、押し寄せる不安を打ち消すことができる。そう、彼らは不安を消しさるために壁を掘り続けているのだ。壁を掘ることこそ使命であり、掘り続けることにより安寧《あんねい》を得る。そして掘り続けた先に深淵《しんえん》の理が――。

シグが手段と目的が逆転する思考の無限回廊《かいろう》に陥《おちい》りかけたとき時、エマは立ち止まって振り向いた。

「シグさん、ここ。おかしな音がします」

「え？」

エマの言葉を聞いて我に返ったシグは、壁に耳を当てながらツルハシで軽く叩く。すると、分厚い土を叩く篭《こも》った音ではなく、向こう側に空間があるように響《ひび》く音が鳴った。

よく見れば周囲と土の色も違う。

「これって……」

「はい。壁の向こう、もしかしたら未開拓領域かもしれません」

なるほど、とエマが壁を叩きながら歩いていた理由に気がつき、感心するシグ。ここからは自分の出番だ、と言わんばかりに袖《そで》をまくった。

「壊せますか？」

若い女の子の前だ、ちょっと良い所見せてやる、と言った感じで、ツルハシを握《にぎ》り締める。

「もちろん」

気合いを入れるシグに、心配そうな視線を送るエマ。だが、優男《やさおとこ》に見えてもシグは案外力持ち。土壁はおろか、本気を出せば地下迷宮ごと吹《ふ》っ飛ばせるかもしれない。とある事情により普段は力を隠《かく》しているが、薄《うす》い壁を壊すくらいなら簡単なこと。

ツルハシを右手で振り上げ、勢いよく踏《ふ》み込み壁に叩きつけた――！

「――あれ？」

「シグさん！」

予想以上に簡単に崩《くず》れた壁。シグは勢いのまま壁の向こうへ倒《たお》れこみそうになり、エマが慌ててシグの服の裾《すそ》を掴《つか》む。

しかし、大人の男と少女の体重。シグに引き摺《ず》られるように、エマも崩れた壁の向こうに連れて行かれた。

二人が倒れこむかと思った先に地面はなく、目の前に現れたのは奈落へと続く縦穴の空《くう》洞《どう》——。

「うそ——」

「っ！」

遺跡上層の採掘場は開拓《かいたく》され尽くした領域《エリア》であり、簡単に未開拓領域が見つかるはずがない。シグがぶち抜いた壁は、誰かが「危ないから」といった理由で埋めた縦穴の壁だった。

闇に身を投げ出されたエマは死を覚悟《かくご》する。脳裏《のうり》を過るのは、何故《なぜ》無理をして地下迷宮に挑んでしまったのか、という後悔《こうかい》。

ルトイッツ地下迷宮が危険な場所だということは重々承知していた。しかし、自分が魔術学校の友人たちから認められるためには、どうしても達成しなければならない目標があった。

貧民街《スラム》で育ったエマは、たまたま認められた才能で名門シュトラウス魔術学校に入学。初めて人から教わる魔術は驚《おどろ》きと発見の連続だった。真面目な少女はめきめきと頭角を現し、学年で一、二を争うほどに魔術の腕を高めていく。

当然、各国から集まった由緒《ゆいしょ》ある魔術士家系の子息たちや、貴族など裕福《ゆうふく》な家庭で育った少年少女たちは面白《おもしろ》いはずがなく、陰《かげ》では〝貧乏人《びんぼうにん》のエマ〟と呼び蔑《さげす》み、嫉妬《しっと》に似た嫌《けん》悪《お》感を抱いていた。

エマ自身周囲から良く思われていないことを理解していたが、だからといって魔術の研《けん》鑽《さん》に手を抜くことは出来ない。学費を免除《めんじょ》されている彼女《かのじょ》も、推薦《すいせん》をくれた先生方への恩義に報《むく》いようと必死だった。

才能だけで特別扱いされる自分は嫌《きら》われている――それでも、みんなと仲良くしたい、みんなと切磋《せっさ》琢磨《たくま》し魔道《まどう》を歩んでいきたいと思ったエマは、勇気を振り絞《しぼ》って聞く。

――どうしたら、認めてくれますか。

わからなかったのだ。自分がどうしたらみんなの輪の中に入ることができるのか。

真《ま》っ直ぐに問いかけてくるエマに、学友たちは渋《しぶ》い顔を作った。そもそも認める認めない以前の話、生まれの問題であり、簡単にめげないエマも気にくわない。

だから、どんな事をしても不可能だと言い放つように、学友たちは無理難題をエマにふっかけた。


――竜《ドラゴン》を倒したら認めてあげる。


竜の討伐は英雄《えいゆう》の証。だが、それは至極《しごく》難易度が高いからこそ英雄と呼ばれるに値する。魔術士といっても十四歳の少女に達成出来るはずがなく、タチの悪い冗談《じょうだん》だ。

エマも真に受けたわけではなかったが、一番近くに存在するルトイッツ地下迷宮の竜に挑むことを決意する。

一人で強大な竜を倒すことは不可能だと理解している。ただ、そこに少しの可能性があるならば、みんなに認めてもらう為《ため》ならば、命を賭《と》して挑戦する価値はあると考えた。

しかし、地下迷宮自体がそんなに甘《あま》いところではない。竜に挑むまでもなくエマのちっぽけな命など簡単に奪ってしまう場所だった――。


――香る土の匂い、頬《ほお》にはザラザラとした砂がへばりつく感覚。ゆっくりと目を開ければ、薄く青白い光石の灯《あか》りが視界に入る。

「あ、エマちゃん。起きた？」

シグに声をかけられたエマはガバッと起き上がり、自分が生きてることを確認するよう、身体をペタペタと探《さぐ》る。大した深さではなかったのか、と頭上を見上げるも果てはなく、先ほど目にした光景とは真逆に暗闇《くらやみ》が広がるだけ。

壁に背を預けて座《すわ》るシグは、落ち着いた様子でエマに語りかける。

「驚かないで聞いて欲《ほ》しいんだけどさ。結構深くまで落ちちゃったから、ここ中層か、下手すれば下層に近いところかも」

「そんな、深く……なんで」

エマが気になったのは、なぜそんな深くまで落ちて自分たちが生きているのか、ということだった。お尻《しり》の下の土を触《さわ》ってみても、衝撃《しょうげき》を吸収するほど柔《やわ》らかいものではない。そもそも土が柔らかかった、というだけで助かる深さではないが、エマの混乱した頭の中では、答えを導き出せるものではなかった。

「たぶんデニス君たちも心配してるだろうし、早く帰らなきゃね。道わかる？」

「いえ……わかりません」

「だよね、困ったな」

言いながら頭をかくシグ。広大なルトイッツ地下迷宮《めいきゅう》の中層か下層で迷子になったとなれば、地上に這《は》い上がることは難しく、ほとんど死んだものと同然だった。

現状を理解してきたエマの胸に、不安が膨《ふく》らんでいく。周囲を見渡《みわた》し、自分たちのいる小さな領域から背後と右手に暗い横穴を視認《しにん》。最初の選択《せんたく》で道を間違《まちが》えれば、生還する確率が大きく下がる。

「あっち行ってみようか」

まずは二つに一つ、という場面であっさりと右の暗闇を指差すシグに、エマはハッと顔を上げた。シグは一ヶ月とはいえ先輩探索者《せんぱいシーカー》。もしかしたら、自分の現在地を見失っても生還する方法を知っているのか――。

「右が上層への道ですか？」

「え？　わかんないけど、なんとなくこっちかなって」

シグがエマの問いに照れ笑いを浮《う》かべながら答える。そして、賢《かしこ》いエマは即座《そくざ》に気がつく。この人に任せちゃダメかもしれないと。

「シ、シグさん！　生意気言うようで申し訳ないのですが、ここは慎重《しんちょう》になった方がいいかもしれません。落下点を予測すればおおよその位置も特定されますし、下手に動くより救助を待った方が……」

助けを待つ、と言いかけて、エマは口を噤《つぐ》んだ。何を甘えたことを言っているのか、遺《い》跡内《せきない》での生死は全て自己責任。救助なんて来るはずがない——誰《だれ》かに助けてもらおう、などと言う浅はかな考えに辿《たど》り着きかけた自分を恥《は》じ、顔を伏せる。

「すみません。助けが来るわけ……ないですよね」

エマは熱くなった喉元《のどもと》から声を絞り出し、不安になってきた気持ちを必死に押し殺す。落下から助かることはできても、状況《じょうきょう》が絶望的なことに変わりはなかった。位置が不明なだけならまだしも、未熟な探索者《たんさくしゃ》二人だけで、中層以下の領域を生き抜くことは不可能に近い。

元気の無くなってきたエマに、とんがり帽子を拾い上げたシグが優しく語りかける。

「大丈夫《だいじょうぶ》だよ、エマちゃん。俺が絶対に助けてみせるから、二人で地上に戻《もど》ろう、ね？」

「……はい」

気休め——エマはシグの言葉をそう受け止めるも、素直《すなお》に返事をするしかなかった。ただ
「任せて」

シグの笑《え》みが頼《たの》もしく感じられ、ほんの少しだけ安心することができた。絶望的な状況下でも倍以上歳の離れた大人がいる心強さ。帽子を受け取りながら、固い笑顔を作って返

す。

「ありがとう、ございます」

上を見上げれば延々と暗い縦穴が続く領域。口ではエマを元気づけるようなことを言いつつも、シグは少し困っていた。落ちたのが自分一人であれば、ただ壁《かべ》を登って戻ればいいだけのことであり、歩いて帰ったところでいくらでも生還《せいかん》する方法はある。しかし、エマがいればそうはいかない。異邦人《いほうじん》とバレないように危険から身を守ることができるか、最悪何日も遺跡《いせき》を彷徨《さまよ》うことにエマが耐《た》えられるか、内心は焦《あせ》っていた。

その時、背後から獣《けもの》の唸《うな》り声と、ドスンドスンと地を揺らすほどの足音が聞こえてきた。二人が振《ふ》り返れば、暗がりの中から赤く光る瞳《ひとみ》がゆっくりと迫《せま》ってくる。

何かが来る――咄嗟《とっさ》に判断したシグはバッと立ち上がり、エマを背中に守る態勢をとった。（狂獣《きょうじゅう》か！）、暗がりを見据《みす》えながら息を呑《の》む。

鼓膜《こまく》を裂《さ》くような咆哮《ほうこう》――！　エマの小さな悲鳴がかき消され、シグが両手で耳を塞《ふさ》ぐ。

その正体に気がついたエマの表情が、絶望の色に染まっていく――。

「狂った赤毛熊《クレイジーベア》！　下層の狂獣です！」

暗闇から現れたのは、全身を赤い体毛で覆《おお》う巨大《きょだい》な熊だった。狂気《きょうき》を宿した鋭《するど》い瞳が、シグとエマを睨《にら》みつける。

エマが読んだルトイッツ地下迷宮探索記《めいきゅうたんさくき》によれば、巨大な体躯《たいく》に似合わぬ俊敏《しゅんびん》さを備《そな》えた熊であり、迷宮下層に潜《ひそ》む獰猛な狂獣。熟練の探索者でも単独の討伐は難しいとされ、見かけたら迷わず逃《に》げること、という記述があったことを思い出す。新人探索者が遺跡内で遭遇《そうぐう》してはならない、下層の化け物に遭遇してしまったのだ。

パニックに陥りそうになるエマをよそに、シグはすぐさま臨戦態勢を取る。

(下層の狂獣か、殺しちゃったら疑われるかな……ここは逃げたほうが。でも、エマちゃんがついてこれるか)

異邦人《バーレルセル》としての力を出せばこの場を簡単に切り抜けることができるかもしれないが、背中には何も知らないエマがいる。確実な身の安全を取るか、自分の正体を隠すか。

今にも襲《おそ》い掛かってきそうな赤毛熊に、シグが逡巡《しゅんじゅん》していた時――。

「――〝霧の爆弾《ミストボム》〟」

呟《つぶや》いたのは、シグの背に隠れていたエマ。シグと赤毛熊の間を遮《さえぎ》るように水色の魔《ま》法陣《ほうじん》が現れ収束――！　ぶわりと広がる水蒸気が一瞬《いっしゅん》にして辺りを包みこんだ。

「っ！」

突然放たれた霧の爆弾は視界を奪う形成級《イェツィラ》の魔術。赤毛熊は広がる水蒸気に驚き暴《あば》れ狂う。視界を遮られ、縦横無尽に太い腕《うで》を振り回した。頑強な爪《つめ》で周囲の壁を抉り取りながら、怒《いか》りの咆哮をあげる。

やがて霧が晴れた赤毛熊の視界に獲物《えもの》の姿は無く、真っ暗な通路が口を開けているだけだった。

▼

エマをお姫様《ひめさま》のように抱え、暗い連絡路《れんらくろ》を全力で走るシグ。赤毛熊にできた一瞬の隙《すき》を突《つ》き、もう一つの通路へと逃げ込んでいた。しかし、たった数瞬《すうしゅん》の間では追いつかれてしまうのも時間の問題。さらに言えば、この先の領域で道が続いている保証もない。

とんがり帽子《ぼうし》を押さえながら、ぽかんと口を開けているエマにシグが叫《さけ》ぶ。

「エマちゃん！　何か道を塞げる魔術ない⁉」

冷静に考えることができたならば、道を塞ぐことが出来そうな魔術《まじゅつ》は幾《いく》つかある。しかし、エマは自身を抱えながらものすごい速度で走るシグに驚いてしまい、魔術どころではなかった。大人とは言えただの荷物持ちだと思っていたし、どう考えても人一人を抱えて走る速度ではない。

「エマちゃん！」

「あ……えっと」

もう一度名前を呼ばれハッと我に返ったエマは、逼迫《ひっぱく》するシグの横顔を見てから詠唱《えいしょう》を開始。紡《つむ》がれる言葉は闇の精霊《せいれい》に問いかけるもの。

「――〝影なる者の抱擁《シャドウハンター》〟」

シグの背後で灰色の魔法陣が鈍く輝き展開する。ドロドロとした黒い塊《かたまり》が湧き出し、通路を塞ぐように無数の黒い手が現れた。

〝影縛り《かげしば》〟の形成級上位に相当する〝影なる者の抱擁〟。闇から出ずる無数の手が対象を捕《と》らえてしばらくは離《はな》さない、足止めには最適の魔術。連絡路内の暗さで避けることは難しい罠《わな》となり、咄嗟に放った魔術にしては上出来だった。

「いいね！」

あとは影に先ほどの赤毛熊が捕らわれるのを待つだけだとエマは考える。だが、シグは走る速度を緩《ゆる》めない。

「シ、シグさん？」

いい加減抱《だ》かれてるのも恥ずかしくなってくるが、シグの表情は真剣そのもの。一体何を考えているのかもわからず戸惑《とまど》ってしまう。

シグは理解していた。エマの魔術では赤毛熊の巨躯《きょく》を止められるのは一瞬だけ。その間にどれだけの距離を開けられるかが勝負。逃走《とうそう》の足を緩めるわけにはいかない。

徐々《じょじょ》に通路内が明るくなっていくと、見えてきたのは次の領域。大きな光石の水晶《すいしょう》がたくさん尖《とが》り、広い領域を一層明るく照らしている。乾《かわ》いた空気とさらさらした土。遺跡の深いところとは思えないほど過ごしやすそうなところだが、エマは前方の光景に目を剥《む》いた。

「――狂獣です！」

行く手には紫色《むらさきいろ》のまだら模様の皮膚《ひふ》を持つ大蜥蜴《おおトカゲ》の群れ。身体は人の倍以上あり、一匹《ぴき》や二匹ならまだしも数十匹が道を塞ぐ。運悪く狂獣の住処《すみか》に遭遇してしまったのだ。

エマは大蜥蜴たちのまだら模様を見て冷《ひ》や汗をかく。

「止まってくださいシグさん！　あれは猛毒《もうどく》を持つ〝地を這う紫蜥蜴《ヴエノムリザード》〟です！」

ルトイッツ地下迷宮探索記で読んだ狂獣の解説を思い出していた。遺跡の下層に潜む猛毒を持つ紫蜥蜴。大きな身体の通り動きは鈍く獰猛でもないが、人が触《ふ》れれば数刻で死に至る毒を皮膚から分泌《ぶんぴつ》している狂獣。好戦的でないとはいえ、近づいても安全というわけではない。

群れに遭遇することは滅多《めった》にないはずだが、目の前には大きな領域を埋《う》め尽くすほどの数がいる。

しかし、シグは躊躇《ためら》うことなく走り続ける――。

「足場！　空中に作れる⁉」

シグから出た信じられない言葉にエマは自分の耳を疑う。

「――飛び越《こ》える気ですか⁉」

「もちろん！」

喋《しゃべ》っている間に迫り来る紫蜥蜴の群れ。ここで下ろして、と言う間も無く毒を持つ狂獣たちに突っ込《こ》んでいく。

今からでは間に合うかもわからないのに――シグの正気を疑うエマが焦りながらも詠唱を始めると、シグは紫蜥蜴の手前で地を蹴《け》り上げ――飛んだ。

ぶわりと浮いた身体、祈《いの》るような気持ちで早口の詠唱を繰り返すエマ。真下には紫《むらさき》まだらの猛毒狂獣《もうどくきょうじゅう》たち。

「〝風の架け橋《シルフィズクッション》〟！」

空中のシグの足元に展開する緑色の幾何学《きかがく》模様。シグはタイミングを合わせて蹴り上げ、さらに高く飛び上がった――エマは目を瞑《つぶ》ってシグにしがみつく。

「う――！」

声にならない小さなうめき声。かなりの高さから落ちていく怖《こわ》さに全身が強張《こわば》る。

——着地の衝撃で土煙《つちけむり》が上がったのも束の間、シグは何事も無かったかのように次の連絡路に向けて走り出した。

「ね、大丈夫！」

シグが走りながら下手くそなウインクを送るも、エマは口をぽかんと開けたまま見つめ返すことしかできなかった——。


——いくつかの連絡路を経由し辿り着いた薄暗《うすぐら》い領域。大きな岩の陰に隠れながら、シグとエマは息を整える。

周囲を警戒《けいかい》しながら見回すシグに、胸の鼓動《こどう》が収まらないエマ。すでに、ここが遺跡の危険な下層領域だということも忘れていた。

樫《かし》の木の杖《つえ》を挟《はさ》み、膝《ひざ》を抱えて座るエマに、シグが声をかける。

「助かったよ、エマちゃん。最初にあの熊の気を逸《そ》らしてくれたから、逃げ出せる隙ができた」

大きなため息を吐《は》いて座り込むシグ。

なぜあの時迷いもなく魔術を放ったのかはエマ自身もよくわかっていない。恐《おそ》ろしい狂獣が現れる、このままでは危ない、という危機感が行動させたのだ。

ただ、これまで一緒《いっしょ》に探索を行っていたシグについても良くわからなくなった。ただの優《やさ》しいおじさん、もといお兄さんだと思っていたが、足がとんでもなく速かったり平気で猛毒の狂獣を飛び越したりと普通《ふつう》ではない。

「あの、シグさん……」

不安そうなエマの顔に、シグは苦い笑みを浮かべる。

「ごめん、危ない目に遭《あ》わせちゃったね」

「あ……いえ、大丈夫です」

あまり詮索《せんさく》してはいけないことだ、とエマは思い直す。シグが何者であろうと、そもそもこの場所がどこかはわからず、下手をすれば延々と遺跡内を彷徨ことにもなりかねない。いまはこの状況をどうするのかが最優先。

「まあ食料もそこら辺に沢山《たくさん》あるし、頑張ればそのうち出れるよ」

あっけらかんと言うシグに、エマは眉根《まゆね》を寄せて嫌悪感を露《あら》わにする。

「食料って、どこにあるんですか？」

「え、狂獣の肉だけど。エマちゃん食べられないの？」

「……食べられる、とは聞いたことありますけど」

エマが読んだ本によれば狂獣を食べることはできるが、探索者でも好んで食す者は少ない。遺跡内の狂獣の肉を大量に食べれば魔素中毒を起こすため、魔素毒を中和する〝ハーフルの葉〟を一緒に食べなければいけない。それは魔素溜《だ》まり内に湧く水も同じこと。

遺跡内でもハーフルの木の群生地を見つければ生き抜《ぬ》くことはできるが、そもそも狂獣自体美味《おい》しくないし、ハーフルの葉はとても苦かった。

「私、苦いのがあまり得意ではなくて」

「ハーフルの葉っぱね。大丈夫だよ、しっかりアク抜きすれば食べられるようにはなるからさ」

「いや、でも……」

「塩を振って時間をかけてじっくり煮込《にこ》めば――」

エマはハーフルの葉ではなく狂獣を食べたくなかったのだが、背に腹は変えられず、食料が無くなったときは我慢《がまん》して食べるしかない。

葉っぱのアク抜きのうんちくを語り出すシグに、エマが「はあ」「そうなんですか」と相槌《あいづち》を打っていると、シグが「あ！」と突然何かを思い出すように手を叩《たた》き、背嚢《はいのう》を開けて弄《まさぐ》る。

「どうしたんですか？」

「これこれ、やっぱ下層探索には必須《ひっす》だよね」

シグが背嚢から取り出したのは、黒犬の毛皮だった。まだ血肉が乾ききっていないため、言葉にできないほどの凄《すさ》まじい悪臭《あくしゅう》を放っている。嫌《いや》な予感がしたエマは、恐る恐る尋ねた。

「それを、どうするんですか？」

「羽織るんだよ」

「……臭くないですか？」

「もちろん臭いよ。でもこの匂《にお》いが中層や下層の狂獣避《きょうじゅうよ》けになるんだ。黒犬は下層の狂獣の縄張りを荒《あ》らす脅威《きょうい》でもないし、美味しくないから食べられもしないからね。ま、一端《いっぱし》の探索者なら当然持ってる知識かな」

得意げなシグに、エマはそれを羽織るのが嫌だと言うことができず、げんなりとした表情を浮かべる。

——それから、シグが簡単に作った黒犬の毛皮の外套《がいとう》を纏《まと》ったエマは、臭すぎて普通に吐いた。

▼

「ね、結構慣れるものでしょ？　その毛皮」

「まあ、はい」

「はっは、その匂いは誰もが通る遺跡深部の洗礼みたいなものだからね。これでエマちゃんも立派な下層探索者だ」

シグの言った通り、エマは数刻もすれば黒犬の毛皮の匂いに慣れてきていた。ただ、慣れはしても今すぐに毛皮を脱《ぬ》ぎ捨て、湯あみをしたい気分は変わらない。

「先ほどからやけに詳《くわ》しいですが、シグさんって、下層を探索したことがあるんですか？」

一度はこらえたが、エマは気になっていたことをつい聞いてしまう。

あれからいくつかの連絡路と領域を移動しているが、危険な下層らしき場所を歩いているのに、シグの指示で選んだ道は、先ほどから狂獣に遭遇していない。道すがらハーフルの葉っぱと湧《わ》き水《みず》を見つけ、ひどく苦いが飲み水を確保し、上層でいつも取っていた光石を大きな葉で作った筒《つつ》に入れて即席《そくせき》の灯りを作るシグが、どうしても新人の随行者《ずいこうしゃ》だとは思えなかったのだ。

「昔、ちょっとね」

シグは照れ臭そうに頭を掻《か》きながら、エマに曖昧《あいまい》な笑みを返す。

「ちょっと、ですか」

ジトッとした目をシグに送るエマは、シグが実は凄腕《すごうで》の探索者なのではないか、という疑念を深める。正体を隠して新人のふりをしてデニス探索隊に交じり、遺跡に潜《もぐ》っているのは、何か理由があってのことかもしれない、と。

ただ、エマはシグにそれ以上の追求をしなかった。危険な状況に変わりはなく、シグが自分を助けてくれようとしていることは確か。なによりシグが隣《となり》にいることで、パニックにならず安心することができていた。

しかし、今いる場所は地下迷宮、微かな異変も無視することはできない。

「あの、シグさん、先ほどから……」

「うん、何だろうね、この地鳴りは」

地の奥底《おくそこ》が震《ふる》えているような震動《しんどう》──どこか遠くから聞こえてくる音。不定期に聞こえてくる不気味な地鳴りは、エマを少し緊張《きんちょう》させた。

「まあ、発生源はだいぶ下の方みたいだし、気にせず進もうよ」

「はい──」

──二人が上層に向かう道を探しながら歩いていると、まだ遠くだが、進んでいる先から狂獣の咆哮が聞こえてくる。その声量から察するに、かなり大型の狂獣。エマは今来た道を引き返すのかと思い、シグに視線を向ける。

「このまま行こうか」

「え？」

「金属の音が混じってるから、たぶん誰かが戦ってる」

エマは前方の暗がりに視線を移し、耳を澄《す》ませた。すると、獣の咆哮に混じり、微かな金属の音が聞こえてくる。それは、他の探索者が、狂獣と戦っていることを意味していた。

ゆっくりと、足音を立てずに進んだシグとエマは、連絡路の土壁《つちかべ》に背を預け、一層大きな領域を覗《のぞ》き込んだ。

「シグさん、あれ……竜ですか？」

まず見えたのは、先ほどの熊とは比べ物にならないほど大きな体躯を持つ化け物。古《いにしえ》の時代から、遺跡の魔素溜まりにあてられ、狂った獣と化した竜だった。閉鎖的《へいさてき》な空間で退化した翼《つばさ》、暗がりに慣れた目はよく見えておらず、発達した嗅覚《きゆうかく》や聴覚《ちようかく》で敵を捕捉《ほそく》する。

狂《きよう》化しているため知能は低く獰猛《どうもう》。

正式名称《めいしよう》は〝ルトイッツ狂化竜獣《リントヴルム》〟であり、灰色の竜鱗《りゆううろこ》と大きな鉤爪《かぎつめ》が特徴的《とくちようてき》。ルトイッツ地下迷宮内では外敵も少なく、太古の形態に近いことから古竜種《こりゆうしゆ》に分類されている。

「顎《あご》も大きいし、立派な成体だね」

「……あんな、恐ろしいものだったんですか」

エマは、ルトイッツ狂化竜獣《リントヴルム》を討伐《とうばつ》して箔《はく》をつけるために遺跡都市に来たわけだが、実際に竜を見て、いかに無謀《むぼう》なことだったかを思い知らされる。距離《きより》を取っていても、樫の杖を握る手は緊張でじっとりと汗《あせ》ばんでいた。

「誰か襲われてるみたいだ」

そして竜と対峙《たいじ》する探索者の一団。女性が二人、男性が三人の計五人だ。しかし、どうやら男二人は負傷している様子。いま前衛で竜の猛攻《もうこう》を防いでいるのは、赤く長い髪《かみ》にゴーグルをした女だった。発育の良い体をピタリと包む短い革《かわ》のジャケット、動きやすそうなショートパンツ。手には長い柄の先端《せんたん》に、四つの大きな円錐《えんすい》型の錐《きり》がついた槍《やり》を携《たずさ》えている。

「あのゴーグルの人、戦ってるのソフィア探索隊ですよ」

「えっと、昨日言ってた有名な探索者だっけ？」

「そうです。大手組合《ギルド》〝真夜中の梟《ふくろう》〟の一番槍で、今注目されてる新進気鋭《しんしんきえい》の探索者です。隊長のソフィアは〝炎槍《えんそう》〟の二つ名まで持ってて……は〜、強いと噂《うわさ》には聞いてましたが、戦ってる姿を直に見られるなんて」

エマは、自分が遭難《そうなん》していることを忘れ鼻息を荒《あら》くした。自身の遺跡探索《いせきたんさく》の目標であるルトイッツ狂化竜獣《リントヴルム》と、有名な探索者が戦っている。まるで本の中の冒険譚《ぼうけんたん》のような光景だった。

「へえ、そんなすごい人なんだ」

しかし、興奮するエマの隣で、シグは腕を組んで顎に手をあて、厳しい表情を作る。

「でも、ちょっとあれ、不味《まず》くないかな」

「え？」

エマが呆《ほう》けた顔をシグに向けた直後——ルトイッツ狂化竜獣《リントヴルム》は突出《とっしゅつ》した顎を大きく開き、身をそらせて咆哮を上げた。

——!!

空気を震わせ、耳を劈く音の圧力が領域全体を覆う。シグが両手でエマの耳を押さえていたが、エマは目を見開き身体を硬直《こうちょく》させた。実際に聴《き》く竜の咆哮は、噂や伝聞で耳にするよりも遥《はる》かに恐ろしいものだった。

▼

「クソ！　なんで中層にこんな化け物がうろついてるんだよ！」

「わかんないけど、私たちはそれを調べに来たんでしょ！　どうするソフィア⁉」

大型のルトイッツ狂化竜獣との不意の遭遇。狩《か》りではなく調査依頼《いらい》の任務中だったため、下層の狂獣相手の装備を持っていない。不利な状況にソフィア探索隊は隊長の判断を仰《あお》ぐ。

「やれるところまでやってみよう！　危険は少しでも排除《はいじょ》しなきゃいけないからね！」

ソフィアと呼ばれた赤い髪の女の子は、独特な形をした槍を構えて唸る竜を牽制《けんせい》する。

仲間たちも大剣《たいけん》、銃《じゅう》、ひも状の投石機《スリング》、格好《かっこう》いい装飾《そうしょく》のあるツルハシと各々《おのおの》の獲物を構えた。

「僕《ぼく》が前にでる！　いつも通りまずいと思ったらすぐに退避《たいひ》！　ハンナは後ろから銃で援《えん》護《ご》して！」

「わかった！」

手慣れた様子で陣形《じんけい》を整え、ルトイッツ狂化竜獣を取り囲むソフィア探索隊。まず一番槍として、ソフィアが唸る竜の正面から突撃《とつげき》する。

頑強《がんきょう》な顎で噛《か》みついてくるルトイッツ狂化竜獣を躱《かわ》したソフィアは、その横《よこ》っ面《つら》に槍の一撃《いちげき》を叩き込んだ。

固い鱗《うろこ》を貫《つらぬ》くことはなかったが、ルトイッツ狂化竜獣はその衝撃に怯《ひる》み一歩後退《あとずさ》る。

「さすが炎槍！　やるね！」

「油断しないで！」

「わかってるって！」

はやし立てる格好いいツルハシを持った仲間に注意しつつ、ソフィアは炎槍を構え直す。

仲間達は銃と投石機でかく乱すると、竜の長い尾《お》に大剣を振りかざし、太い脚《あし》にツルハシを突き立て一気に攻《せ》め立てる。真夜中の梟の有望な探索隊と噂されるだけあって、大型の狂獣相手に引けは取らず、連携《れんけい》も抜群《ばつぐん》だった。

一撃を加えては距離をとり、地道に有効打を与《あた》えていく。このまま討伐できるか、と期待が膨らむ。しかし、彼《かれ》らは探索者であって、闘《たたか》いの専門家ではない。

ルトイッツ狂化竜獣が渾身《こんしん》の力で尾を振り、大きな岩を破壊すると、散弾《さんだん》のように飛ぶ大小の石がソフィア探索隊を襲う。

「危ない！」

ソフィアが叫ぶも大剣を持った探索者と、格好良いツルハシの探索者が石の散弾に巻き込まれてしまう。

「だから油断しないでって言ったのに！　僕が抑えるから、二人を助け出して！」

後衛のハンナたちに指示を出し、ソフィアはルトイッツ狂化竜獣の懐《ふところ》に飛び込んでいった。

ルトイッツ狂化竜獣の猛攻を防ぎながら、ソフィアは考える。なぜ中層に下層の大型狂獣がいるのか、そしてそれがわかっていたような今回の狂獣調査。団長に依頼していたあのぷっくりした男は何者か――しかし、いくら考えても答えが出るものではなかった。

捕らえきれないソフィアにしびれを切らしたのか、ルトイッツ狂化竜獣は、突出した顎を大きく開き、身をそらせて咆哮を上げた。

――――!!

間近で聴いてしまった仲間たちは身を強張らせて苦悶《くもん》の表情を浮かべる。

「火炎《ブレス》来るよ！　皆《みな》備えて！」

恐慌《きょうこう》をきたしそうな仲間を背に、ソフィアが叫んだ。

だが、ソフィア以外は防御《ぼうぎょ》の構えを取ることすらできていない。恐ろしい竜が大きな顎を開き、今にも火炎を吐き出そうとしていた。

瞬間《しゅんかん》――白い閃光《せんこう》が竜の顎を打ち抜き、その巨体《きょたい》が大きくぐらつく。竜の火炎、紅蓮《ぐれん》の塊はその勢いで天井《てんじょう》へと放たれ、領域内を赤く染め上げた。

ソフィアは竜にできた隙を見逃《みのが》さず、丸見えになった喉元目掛《のどもとめが》け、円錐型の錐がついた炎槍を、力一杯《ちからいっぱい》ぶん投げる――ぐちゃりと喉《のど》を潰《つぶ》すように炎槍が突き刺《さ》さり、竜は音にならない咆哮をあげ、身体を捻《ひね》りながら悶絶《もんぜつ》した。

すぐに走り出したソフィアは、無作為に振り回される大きな鉤爪と長い尾を掻潜り、竜の喉元に組み付き、突き刺さっている炎槍の柄を握《にぎ》りこむ。

「――爆炎《ばくえん》！」

ソフィアが叫ぶと同時、竜の喉元の反対側、頸椎《けいつい》から火柱が勢いよく立ち昇《のぼ》る。目や鼻、口といった穴からも、竜の火炎とは別の炎《ほのお》が噴《ふ》き出していた。

喉元から爆破《ばくは》された竜は絶命し、ぐらりと地面に倒れこむ。

よっ、としなやかな身体捌《さば》きで着地し、ゴーグルを外したソフィアは仲間たちに向けてはにかんだ笑顔《えがお》と、指を二本立ててサインを送る。

「ルトイッツ狂化竜獣《リントヴルム》、討伐完了《とうばつかんりょう》～！」

ソフィアが気の抜けた勝鬨《かちどき》をあげた。ソフィア探索隊を組んでから初めての大型狂獣《きょうじゅう》討伐《とうばつ》。今回は不意の遭遇であり、準備不足で危ない場面もあったが、全員生きていればよし、というのがソフィアの方針だった。息を切らせる仲間たちも、ソフィアに親指を立てて応える。

仲間の無事を確認《かくにん》したソフィアは、気になることがあったのか、訝《いぶか》しい表情を浮かべ、白い閃光が飛んで来た方向を見つめる――。

▼

ルトイッツ遺跡都市の闇市場《やみいちば》。

先日、妖精の記憶《ミイムメモリ》に入ったシュテノヴの偽情報《にせじょうほう》を大金で売却《ばいきゃく》しほくほくとしていたエルナは、何か良い品が入っていないかな、と闇市場を物色していた。

ここはルトイッツの街の中でもかなりディープなところ。入りくんだ繁華街《はんかがい》の裏道をさらに裏へと入り、昼間なのに陰気《いんき》な街並みになってくれば闇市の入口へとたどり着く。

売っているのは少し古いシュテノヴの魔導《まどう》兵器や、ぶっ飛んだ気分になれる薬、人や異邦人の臓器、人身売買まで行われているときた。

当然、エルナのような年頃《としごろ》の乙女《おとめ》が一人で立ち入るような場所ではないのだが、闇市には表に出てこない希少なアイテムが出回っているのでたまに足を運ぶ。

エルナが所持している偽造探索許可証《ぎぞうシークライセンス》や、竜活粉《ドラゴンパウダー》の原料である古竜《こりゅう》の肝《きも》も闇市で仕入れたもの。

「おっちゃん、妖精手袋《ミイムグローブ》のカートリッジ買ってくれねえっすか？」

「カートリッジ？　別に構わねえけどよ、妖精手袋本体売ってくれた方がこっちはありがたいんだが」

「本体は無理っすよ、だって高えんすもん」

「ってもなあ、ほら見ろよあの在庫。カートリッジあっても本体が普及《ふきゅう》しなきゃ売れねえんだよ」

怪《あや》しい風貌《ふうぼう》の髭男《ひげおとこ》が指差す棚《たな》には、シュテノヴの最新魔導兵器である妖精手袋のカートリッジまで売っている。本来魔導兵器の輸出は厳しく制限されているはずであり、ザースデンでは普通に手に入れることも難しい。

「今度金渡《わた》すから買ってきてくんねえか？　あと妖精手袋の設計図も頼むわ」

「しゃあないっすね、タイミング合えばとってくるっすよ」

「近接信管《マジックヒューズ》の設計図は結構高く売れたからよ。やっぱ軍事関係のやつぁは儲《もう》かるぜ！　たっは！」

「あっは！　そっすね！」

さらにはここ数年、シュテノヴの機密である魔導兵器の設計図まで出回るようになっていた。理由はもちろん不明。ルトイッツ市長も闇市場を問題視していたが、時折貴重な情報も出回るため見て見ぬふりをしている。

「――衝撃《ショック》が一つと影縛り《シャドウバインド》二つ、炸裂《バースト》が一つか……おい、この衝撃《ショック》使いかけじゃねえか？

新品じゃねえなら半額だな」

「んなケチくさいこと言わないで欲しいっすわ」

「こないだも俺《おれ》に使いかけ売りつけたじゃねえか、全く勘弁《かんべん》して欲しいぜ」

悪びれた様子もなく唇《くちびる》を尖らせるエルナに、怪しい髭男は肩《かた》を竦《すく》める。二人はよく知った仲なのか、騙《だま》し騙されても文句は言わない。

「今度妖精手袋の設計図持ってくるっすから、ね。お願いっす」

「仕方ねえなあ、ちょっと金取ってくるから待っててくれや」

わざとらしく手を組み懇願《こんがん》するエルナに、髭男はため息を吐きながら諦《あきら》め店の裏に入っていく。エルナはしてやったり、という表情を浮かべて髭男を見送った。

手持ち無沙汰になったエルナは、棚を眺《なが》めながらお金の到着《とうちゃく》を待つ。ザースデンでは本来手に入らないはずのシュテノヴ魔導兵器から、持ち帰ってはいけない遺跡発掘《いせきはっくつ》品まで様々な品揃《しなぞろ》え。珍《めずら》しい物ばかりでエルナも興味深々な様子。

――しかし、ぶっちゃけ自分が法外な値段で売ったものが多いのですぐに飽《あ》きる。それにしばらく経《た》っているはずなのに、髭男の店主は一向に戻ってこない。

エルナが首を伸《の》ばして店の奥《おく》を眺めていたところで、

「動くな」

男の声と同時、カチャリと後頭部に突きつけられる銃口《じゅうこう》。儲かったなあ、と喜んでいたエルナの表情は固まり、全身は硬直する。

音も立てず背後を取る手練《てだ》れに高まる緊張感。口を真一文字に結び、冷や汗を垂れ流していると裏から店主がやってきた。エルナの窮地《きゅうち》になぜか満面の笑み。

「へっへえ、旦那《だんな》！　やりましたぜ」

「ああ、ご苦労だった。金はそのケースに入っている、持っていけ」

「ありがとうございやす！」

そして、銃口を突きつける男の横に置いてあったトランクケースを拾い上げると、そそくさと逃げ出していった。

（あいつ、あたしのこと売りやがった）とエルナは憤《いきどお》るも、下手に動くことができない。背後の男の実力をよく知っているからだ。

「久しぶりだな、エルナ」

聞き覚えのある鋭い声音《こわね》から、振り向かなくても想像できる弛《たる》んだお腹《なか》と低い身長。

「い、いやあ！　お久しぶりっすね、先輩《せんぱい》」

元職場の先輩ウィレム・レーベだ。

「まあ、久しぶりの再会で聞くようなことでもないんだがな……今、何売ろうとしやがった？」

現行犯だが、エルナは黙秘権《もくひけん》を行使した。

両手を挙げて降参の格好をとるも、ウィレムは容赦《ようしゃ》なくエルナの左手に手錠《てじょう》をかけ、自分から逃げられないように長い鎖《くさり》でベルトと繋《つな》ぐ。エルナは腐《くさ》っていても元諜報員《ちょうほういん》、何を仕掛《しか》けてくるかも分からず油断大敵だと判断された。

後頭部の銃口が下されたところで振り返るエルナ。いつもどおり無愛想なデブが睨みつけていた。

「お前か？　あの棚にあるカートリッジやシュテノヴの機密を流していたのは」

「違《ちが》うっすね、あたしじゃないっす」

極《きわ》めて真摯《しんし》な顔つきでウィレムの質問に答え、息を吐くような自然体で嘘《うそ》をつく。軍学校時代から手に入れた機密を横流しし、小銭《こぜに》を稼《かせ》いでいたなど口が裂けても言えない。間違《まちが》いなく処刑《しょけい》される。

「あたしも元シュテノヴの軍人として少し調査してたってわけっすよ」

「別に否定してもいいが、お前が軍学校時代から機密を横流ししていたのは調べがついている。さっきの男が全て吐いた」

思いっきりバレていた。エルナは観念し、やれやれ、と言った様子を見せる。ウィレムが全てを知っているなら隠《かく》す必要もない。

「……仕方ないっすね」

こうなったら最後の手段。手錠の繋がれた左手の親指と人差し指で丸を作り、ウィレムを試《ため》すような目つきを作る。

「いくら欲《ほ》しいんすか？」

「いるかボケ、殺すぞ」

本当に殺されそうなので、エルナはチャラチャラと鎖を鳴らしながら速攻《そっこう》で左手を引っ込めた。このデブ冗談《じょうだん》通じないな、と唇を尖せるしかない。

「それで、何か用があるんすか？　わざわざこんな回りくどいことして。お陰《かげ》でこっちの商売ルート一つ潰れちったじゃないっすか」

命を握られても不遜《ふそん》な態度。エルナも自分が殺されないことくらいはわかっている。ウィレムがわざわざ男に金を渡してまで捕《つか》まえてきたからだ。

シュテノヴの機密を買い戻《もど》して店を潰す、という理由も考えられたが、全てバレてしまっている以上殺すなら容赦なく実行するし、表で話しかけて来なかったのは逃げられでもして騒《さわ》ぎを起こしたくないからだ。相応の用事があってのことだと簡単に推測できる。

「リタ・ヴァイカートは？」

「一緒にルトイッツに来てるっすよ。あたしとは違う用事っすけどね」

ウィレムは愛銃《フューリー》を懐にしまいながら難しい顔を作った。何か気になることがあるのか、弛んだ二重顎に手を当てる。

「……魔王《まおう》がルトイッツに潜伏《せんぷく》している、というのは確かなようだな」

「まあ、そうみたいっすね。わざわざそんなこと聞きに来たんすか」

エルナは魔王の所在を特に秘密にする様子もなく、あっさりと答える。どこでその噂を聞きつけたのかはわからないが、シュテノヴ特務課報局が魔王探しに本腰《ほんごし》を入れれば、どちらにせよすぐに発覚することであり、他国で騒動《そうどう》を起こすこともない。

何を尋問《じんもん》されるのかと思えばそんなことか、といささか拍子抜《ひょうしぬ》けした。

「別にほっといてもいいんじゃないっすか？　悪いことしてるわけじゃ無いんすから」

「魔王、はな」

歯切れの悪いウィレムの返事。なんとなく嫌な予感がエルナの脳裏《のうり》をよぎる。何か面倒《めんどう》なことに巻き込まれそうな、胸をざわつかせる感覚。エルナはいつもこの直感で数多《あまた》の危機を回避《かいひ》してきた女の子、でも結局悪事がバレる。

「ついでにあたしのこともほっといて欲しいっす。もうシュテノヴ特務課報局の所属じゃないんで」

「いや、お前はこのまま本国に強制送還《そうかん》して罰《ばっ》してもらう。軍事機密の漏洩《ろうえい》は重罪だからな」

「まじっすか」

ウィレムの即答《そくとう》に口をあけて固まるエルナ。手塩にかけて育てた後輩《こうはい》が可愛《かわい》くないのか、とウィレムに問いただしてやりたい気分になった。しかし、実際ウィレムと関わった仕事は魔《ま》王捜索《おうそうさく》の一回だけ。当時のエルナはただの新人であり、ウィレムは売れっ子特務諜報員、特に面識があったわけでもなかった。

このままエルナが罰を受けようと特に何も思うことはないが、ウィレムも鬼《おに》ではない。

「もし、それが嫌ならお前に二つ選択肢《せんたくし》をやる。俺の仕事に協力するか――」

鋭《するど》く試されるような目つきで睨《にら》まれ、エルナは理解した。ウィレムが最初から何かを手伝わせるために自分を捕らえたことを。左手には手錠、手持ちの武器もなく逃走するには不利な状況《じょうきょう》だが、エルナも一筋縄ではない。シュテノヴに強制送還という脅《おど》しをかけられようと、時間さえあれば逃《に》げる好機《チャンス》が来る。それにリタが助けてくれるはず。リタに頼《たの》んでデブをボコボコにしてもらえばいいのだ。ウィレムに協力する気などあるわけがなかった。

「今ここで死ぬか、選べ」

「協力するっす！」

エルナはとても良い笑顔で即答。猶予も無しにこの場で殺されるとかはさすがに無理、このデブは割と平気でやりかねない、と。

「先輩とあたしの仲じゃないっすか！　わざわざこんなことしなくても一肌《ひとはだ》脱ぐっすよ！」

左手で親指を立ててグッと押《お》しだし、片目をパチッと瞑って敵意がないことを主張した。

短い付き合いでもエルナの扱《あつか》いをよく知っていたウィレムは、この状況ならエルナが協力を承諾《しょうだく》することなど想定済み。うん、と一つ頷《うなず》いてから話を切り出す。

「まあ、お前に頼むのはそんな難しいことではない」

どうせ面倒くさいことなんだろうな、とエルナは思うが、口にはせずわざとらしい笑顔のまま。

「レナートス・ツァンパッハの調査、及《およ》び捕獲《ほかく》だ」

「了解《りょうかい》っす！」

元気よく返事をするも、内心は（誰《だれ》それ？）と考えていた。

▼

「本当に助かりました！　ありがとうございます！」

遺跡《いせき》上層の安全地帯《セーフエリア》――エマは、遭難《そうなん》から助けてくれたソフィアに何度もお礼を言った。

「全然！　地下迷宮《めいきゅう》調査の帰り道だったし、困ったときはお互《たが》い様《さま》だからね。僕もデニスさんの仲間を助けられて良かったよ」

ソフィアは照れ臭そうに、はにかんだ笑顔をつくり、頭の後ろを掻く。竜《りゅう》を倒《たお》した後、連絡路《れんらくろ》の方が気になり覗いてみると、異様な悪臭を放つ遭難者たちを発見したのだ。ソフィアの一団は二人を保護し、遺跡の出口まで送り届けることにした。ここまでの経緯《けいい》を聞けば、二人が知り合いのデニスの仲間ということもわかった。

「ソフィアちゃんたちに会わなかったらひと月は遺跡内《いせきない》を彷徨《さまよ》うところだったよ」

濡《ぬ》れた布で体を拭《ふ》く半裸のシグは、特に冗談を言ったつもりもなかったが、ソフィアに笑われる。

「あはは！　地図も食料も無しでひと月も遺跡に潜ってたら、熟練の探索者《たんさくしゃ》だって死んじゃうよ」

「そうですよね、半日で脱出《だっしゅつ》できたことが奇跡《きせき》です。私とシグさん死んでたかもしれません」

ソフィアが教えてくれたことだが、シグとエマが遭難していた場所は中層の領域だった。そこまで深くは落ちていなかったものの、地図に示されている正規の路《ルート》とはだいぶ離《はな》れた場所。地図を持たない二人では、脱出することが非常に困難だった。

「それにしても、二人は何で黒犬の毛皮なんて被《かぶ》ってたの？　何日も遭難してるのかと思うくらい臭かったよ」

シグとエマがあまりにも悪臭を放っていたため、ソフィアが上層の安全地帯で水浴びをすることを提案した。ソフィアの仲間たちは報告業務があるため、休憩《きゅうけい》することなく遺跡の出口に向かっている。

エマはよほど黒犬の毛皮が嫌だったのか、入念に髪と体を洗い、先ほどまで着ていた服は潔《いさぎよ》く燃やした。

「あ、狂獣《きょうじゅう》に見つからなくなるってシグさんが教えてくれて。シグさん、ああ見えて遺跡のいろんなこと知ってて、頼《たよ》りになるんですよ」

エマに褒《ほ》められたシグは、新しい服に着替えながら得意げな顔を作る。

「え？　狂獣避けなら匂い消しがあるよ。デニスさんから白い粉の入った缶《かん》もらってない？」

一瞬《いっしゅん》ぽかんとしたエマは、デニスに準備してもらった背嚢を開けて、中身を弄る。銀色無地の缶を発見し、開けてみると中に白い粉がたっぷりと入っていた。

「それそれ！　上層では使う機会もないけど、人の汗の匂いとか体臭《たいしゅう》を消してくれる狂獣避け。絶対ってわけじゃないけど、狂獣に狙《ねら》われにくくなるの」

「……そうなんですか」

「黒犬毛皮の狂獣避けなんて大昔の迷信《めいしん》みたいな話だし、悪臭で鼻の利《き》く獣《けもの》も近づきたくないだけだよ！　あはは！」

エマに鋭い目を向けられるシグは、デニスにもらった自分の背嚢の中身を一応確認する。銀色の缶はしっかりと入っていた。時代は進んでいる、と改めて実感した。

それから、ソフィアに光石を利用したランタンを見せてもらい、遺跡の水を苦味なく飲めるようにするろ過装置付きの水筒《すいとう》を試させてもらったところで、エマがシグに殴《なぐ》り掛《か》かりそうになった——。


——すっかり夜も更《ふ》けた頃《ころ》。遺跡管理局が管理するルトイッツ地下迷宮の入り口、仄暗《ほのぐら》い闇《やみ》から三人が姿を現わす。

「帰って……これました」

所々土に汚《よご》れている三人に外傷は全くないが、とんがり帽子《ぼうし》のエマはぐったりとした様子で光球の灯《あか》りに目を細めていた。

「だ、大丈夫《だいじょうぶ》？」

地べたに座《すわ》り込《こ》むエマに、シグが声をかける。

「はい、なんだか力が抜けちゃって」

地下迷宮の壁《かべ》の崩落《ほうらく》に巻き込まれた今日は、エマにとって死と隣《とな》り合わせの一日だった。初めて見る下層の狂獣に襲《おそ》われ、生きて帰れるかもわからない状況。それに恐ろしい竜も目撃《もくげき》した。結果的に助かったとはいえ、これまで味わったことのない疲労感《ひろうかん》に襲われていた。

エマの疲《つか》れ切った様子をみたソフィアが提案する。

「帰るんだったら、宿まで送って行くよ？　夜は危ないからね」

「あ、いえ、近くの宿なので」

「そんな遠慮《えんりょ》することないよ、成り行きだけど一緒《いっしょ》になっちゃったんだもの」

「……すみません」

差し伸ばされたソフィアの手を握り返し、立ち上がるエマ。地下迷宮で助けてくれたり、気遣《きづか》ってくれたりと、ルトイッツ遺跡都市の有名探索者が普通《ふつう》の優《やさ》しいお姉さんだったと知る。

――三人は管理局が設置する受付で帰還《きかん》報告を済ませ、地下迷宮の入り口施設《しせつ》の外に出る。空は夜闇が一面を覆《おお》っていたが、繁華街の方角を見れば光球の灯りや篝火《かがりび》でチラチラと照らされていた。

宿への帰り道、二人の後ろに続くエマが口を開く。

「あの、ソフィアさん」

「なんだい?」

振《ふ》り返るソフィアに、真《ま》っ直《す》ぐ向けた眼。エマは少し緊張した様子でお願いをする。

「私に、竜の倒し方を教えてくれませんか?」

エマがルトイッツに来た一番の目的は竜の討伐。それを先ほどあっさりと達成したソフィアが目の前にいるのだ。地下迷宮では恐怖《きょうふ》のあまり気を失いかけていたが、ソフィアに教えを請《こ》えば竜を討伐することは叶《かな》わなくとも、一太刀《ひとたち》くらい浴びせられるのではないか、と考えていた。

「竜?　ああ、ルトイッツ狂化竜獣ね」

「はい、何か弱点とか、心構えのようなものでも教えていただけたらと思いまして」

「弱点か、ん〜……」

ソフィアは、悩《なや》むような素振《そぶ》りで顎に手を当て、シグに視線を向けた。

「シグさんはどう思う？」

急に話題を振られ戸惑《とまど》うシグは、ソフィアから試すような目つきを送られる。

「え、俺？」

「いや、わからないな。考えたこともないからね」

実際に竜の弱点を知らないシグは素直《すなお》に答える。ルトイッツ狂化竜獣に限らず、大体の狂獣なら力押しで倒せてしまうので、深く考察したこともない。昔に探索した時も、シグの相手になるのは下層よりさらに潜った深層の大型狂獣くらいだった。

ソフィアはシグの答えに納得《なっとく》していない様子だったが、エマに向き直り人差し指を立てる。

「ルトイッツ狂化竜獣の弱点は顎下《がくか》の首の部分だよ。火炎袋《かえんぶくろ》で伸び縮《ちぢ》みするから、皮膚《ひふ》がすごく柔《やわ》らかいんだ。でも、とても堅《かた》い頑強な顎に守られてるから、なかなかそこを狙うのは難しいよ」

言いながら、自身の首の下をチョンチョンと叩《たた》く。

「喉元《のどもと》を狙うのですね」

エマも竜にそんな弱点があったのか、と感心した。しかし、自分ではソフィアのような身軽な動きはできない。

「私でも……魔術士《まじゅつし》でもできる何かいい方法はありませんか？」

「え～、魔術士による竜の倒し方か……どうだろ、僕は結構体当たりなところあるから」

「やっぱり、難しいですよね」

魔術士でも竜を討伐した者はいるが、単独討伐となるとほんの一握《ひとにぎ》り。詠唱《えいしょう》の長い大型の魔術を、確実に当てなければならないのだ。一撃で絶命させられなければ、手痛い仕返しを喰《く》らうことになる。

「適した戦い方はあると思うし、今度うちの組合《ギルド》の上級魔術士に聞いてみるよ」

「ほんとですか！　ありがとうございます！」

大手ギルド、真夜中の梟のメンバーに助言をもらえるのはとても光栄なこと。エマは、今日何度目かわからないお礼の言葉をソフィアに送った。


――それから程《ほど》なくしてエマの宿が見えてくる。ソフィアが目を丸くしながら指さした。

「……エマって、あんなところに泊《と》まってるの？」

「ええ、そうですよ」

こぢんまりとしていて見るからに古臭《ふるくさ》くボロボロな外観、木製の壁には所々穴も空いている。貧乏《びんぼう》な探索者や随行者に格安で提供している宿、というより小さな民家だった。

エマはそもそも学生であり、その日暮らしの探索者稼業《かぎょう》であまりお金を持っていない。ザースデンへの旅費も、薬剤《やくざい》製作のお手伝いで一生懸命《いっしょうけんめい》貯《た》めたお金を叩いてきたのだ。

「女の子が一人で大丈夫なの？　僕のところ泊まってく？」

「いいえ、さすがにそこまでお世話になるわけにはいきません。それに、見た目はちょっと悪くても宿の主人や奥さんはとてもいい人なんです」

「そ、そうなんだ」

申し出をきっぱりと断られたソフィアは、それ以上何も言わなかった。初対面の子にどこまで深入りしていいのかと距離感もわからない。

「今日は大変お世話になりました。またどこかでお会いできましたら、よろしくお願いします」

とんがり帽子を取り、丁寧《ていねい》に頭を下げるエマ。

「うん、またね」

「シグさんも今日は本当に助かりました。次は気を付けて探索しましょうね」

「はっは、もう穴に落ちないよう気を付けるよ」

シグはエマに手を振り、宿に入っていく後ろ姿を見送る。大きく伸びをして、さてこれからボニさんでも探して飲みに行こうかな、と思っていた矢先。

振り向いたソフィアが上目遣《うわめづか》いにシグの顔を覗き込んでくる。

「それで、君は何者なんだい？」

「へ？　——」

第二章　女勇者は再会する

リタ・ヴァイカートはひどく疲れていた。

ケーニッツの村を出て三ヶ月。エルナの調査により、シグっさんらしき人物がルトイッツ遺跡都市に向かったことを突き止《つ》《と》めたところまではいいが、街を探しても一向にシグっさんが見つからない。ルトイッツの街が広いこともあるが、地下迷宮の内部も含《ふく》めると、その捜索範囲《そうさくはんい》が尋常《じんじょう》ではない。組合《ギルド》に人探しの依頼を出そうとしたが、万一感づかれたらまた逃げられてしまう、とエルナに止められてしまい、自力で探すしかなかった。

今日も朝から晩まで捜索《そうさく》。とある情報筋から、探索者として遺跡に潜《もぐ》っていると聞いたので、地下迷宮を探索していた。

シグっさんの実力なら中層か下層はたやすく、本気を出せば深層にだって辿《たど》り着けるはず。エルナに用意してもらった探索許可証《シークライセンス》（偽造《ぎぞう》）と探索図（非正規品）を手に、中層から下層までをしらみつぶしにシグっさんを探す。

だが、それでもシグっさんが見つかることはなく、諦めて地上に帰還することになる。

遺跡入り口の受付で帰還報告をしながら、ため息を吐《は》く。

捜索範囲を広げるなら未開拓《みかいたく》領域、もしくは遺跡の深層だが、エルナが言うに、深層はまだ誰も辿り着いてないので地図がそもそも存在しない。さすがに地図無しでは無事に帰れるかもわからないし、危険を冒《おか》したところで、シグっさんが地上に出てしまっている可能性すらある。手詰《てづ》まり感のある現状が、リタをより疲弊《ひへい》させていた。


「——あれ、リタさん？」


爽《さわ》やかにメロディアスな声音で呼ばれたリタが、背後を振り返る。

立っていたのは甘《あま》いマスクと茶髪《ちゃぱつ》の青年。久しぶりに聞いた気がする声の主は、相変わらずの微笑《びしょう》を浮《う》かべていた。

「……え？　レナートス！」

かつて魔王を討伐《とうばつ》すると誓《ちか》い、共に旅をした仲間との再会だった。

「久しぶりね！」

仲間との再会——リタは手のひらを叩きながら喜びを表す。レナートスと会うのはかつての魔王の居城であるルンベルク城の一件以来。

「本当にお久しぶりです、お元気でしたか？」

レナートスはいつもの爽やかな微笑のままリタに挨拶《あいさつ》。旅の間は話題がないのでリタとそんなに喋《しゃべ》る事もなかったが、別に仲が悪いわけでは無い。

「元気だったよ。レナートスはあれから何してたの？」

「僕も吟遊《ぎんゆう》詩人の端《はし》くれですからね、歌と楽器を武器にいろんな町を回ってました。あれからまあ大変でしたよ、ルンベルク城ではリタさんに置いていかれちゃいましたしね、はっは！」

「あ、そうなんだ！」

「ええ、まあ」

「へえ……」

肩をすくめた仕草のレナートスにリタがうんうんと相槌《あいづち》を打つも、次の質問が出てこない。歌や楽器にあまり興味もないし、レナートスのちくりと多い一言も相変わらず気になってしまう。

自然な微笑を貼《は》り付けるレナートスに対し、苦笑いを浮かべるリタ。いつもどんなこと話してたっけかな、と考えても思い出せない。そんなに喋っていないからだ。気持ち的には、複数人でいれば気にはならないが二人きりだとちょっと気まずい友達、といったところ。

「あ！　そういえば」

わざとらしく両手を広げ、何かを思い出した素振りを見せるレナートス。リタに向き直ると、意味ありげな微笑を浮かべる。

「アデーレさんも今、このルトイッツに来てますよ」

「え、アデーレもいるの⁉」

「はい、仕事で立ち寄っているそうです」

アデーレ・ローレ・グラフ――リタの仲間だった法術士。パオルには聞けない女性ならではの悩みなどもよく聞いてくれたお姉さんだ。アデーレが近くにいると知って、リタの表情はパッと明るくなった。

「会いたい！　どこにいるの？」

「お近くですので、今から行ってみましょうか？」

「うん！　――」

▼

深夜に差しかかろうとする、ルトイッツの繁華街。

街は光石や篝火が灯り、酒に酔《よ》った集団が肩を組んで歌い、艶美《えんび》な女が手を振って道行く男たちを誘惑《ゆうわく》する。夜の街は人に限らず、異邦人《いほうじん》でも大手を振って歩いていた。

未《いま》だ差別意識の強く残るザースデンでは珍しく、遺跡都市ルトイッツの繁華街は異邦人でも普通に働ける場所。しかし、喧嘩《けんか》が絶えないのも事実。

「おい、てめえ異邦人だろ！」

シグは自分のことかと思い振り返るも、どうやら違う人に絡《から》んでいた様子。ガラの悪そうな探索者らしき男が、黒服の男に怒鳴《どな》りつけていた。

黒服は背が高く、耳が尖《とが》りギョロッとした眼を持ついかにも異邦人といった男で、腕《うで》には封輪をつけている。客の呼び込みか、探索者の男と揉《も》め事《ごと》を起こしているようだった。

「何舐《な》めた口きいてやがんだ！」

「すみません、お客さん。こっちも払《はら》うもん払ってもらわないと困ります」

お金のトラブルか、憤る男を見下すように睨みつける黒服。胸《むな》ぐらを掴《つか》まれても全く動じない。封輪をつけていてもやはり自力が違うのか、男の腕を片手で掴むとギリギリ締《し》め上げた。

「あ、痛って……クソ、離しやがれ！」

「ええ、しっかりお支払《しはら》いいただければ」

「は、払うよ！　払えばいいんだろ！」

あまり珍しくもない光景なのか周囲の人は気にとめる様子もない。

シグは人と異邦人のやり取りを遠巻きに眺めて感心していた。かつての時代なら、問答無用で殺し合いに発展する惨事《さんじ》に。周囲の人が集まって異邦人を囲むか、異邦人が本性《ほんしょう》を現し一方的に嬲《なぶ》るかどちらかしかない。

しかし、現在は曲がりなりにも話し合いをする余裕《よゆう》がある。惨憺《さんたん》たる光景を目《ま》の当たりにして来たシグにとって、人と異邦人による道端《みちばた》の喧嘩がとても微笑《ほほえ》ましく見えた。

シグが喧嘩に気を取られていると、前を歩くソフィアが振り返る。

「ルトイッツはいい街だよね。ここは封輪さえつけていれば、異邦人も人として扱われる」

「そうだね。封輪さえつけていれば」

意味深に言葉を繰《く》り返すシグに、ソフィアは困ったような笑《え》みを浮かべた。

「異邦人のシグさんからすれば、あまり気に食わない話かな」

ソフィアは、先ほどシグの口から異邦人であることを聞いた。頑強《がんきょう》な竜の顎《あご》を打った白い閃光が、シグが投げた光石であることに気が付いたのだ。ただ当たっただけでは気が付かなかったかもしれないが、ルトイッツ狂化竜獣《リントヴルム》の顎は砕《くだ》かれていた。光石がいくら硬《かた》いとはいえ、よほど力の強い異邦人でもない限り竜の顎を砕くことはできない。

「大丈夫だよ。実際こちらが助けてもらった恩もあるし、誰にも言わないから。もちろんデニスさんにも」

はにかむソフィアに、シグは頭を掻《か》いて笑みを返す。

「そうしてくれると助かるよ。まだ探索生活も続けてみたいしね」

「あはは！　よかったらうちの隊に来る？　シグさん強そうだし、異邦人バレしないように上手《うま》くやるよ」

「はっは、遠慮しとくよ。ソフィアちゃんのところ有名って聞いたし、あんまり目立ちたくはないからね」

「む～……断られた」

それなりに名声を得たと自負していたソフィアは、勧誘《かんゆう》をあっさりと袖《そで》にされて頬《ほお》を膨《ふく》らませた。


出店の屋台で串焼《くしや》きを買ったあと、二人は比較的《ひかくてき》静かな水路のほとりに腰掛《こしか》ける。ソフィアは串焼きを頬張《ほおば》りながら、煌《きら》びやかな灯りの反射する水面を眺めた。

「私のお母さんね、結構有名な探索者だったんだ」

「へえ、やっぱり子は親に似るものなんだ」

「……うん。でも僕《ぼく》なんて全然、お母さんの足元にも及ばないよ。ルトイッツじゃないけど、大きな遺跡を攻略《こうりゃく》した遺跡踏破者《ダンジョンマスター》だからね。憧《あこが》れなんだ」

「それはすごい！」

きっとお金持ちなんだろうな、とシグは想像した。遺跡を制覇《せいは》した者には、名声と報酬《ほうしゅう》が与《あた》えられる。ソフィアの母は、まさに地下迷宮《ダンジョン》の夢を掴んだ人だ。

「お母さんいつも言ってた、地下迷宮《ダンジョン》の夢は万人《ばんにん》に与えられるものだって。ほら、今は遺跡管理局の厳しい規定で、普通の人とか異邦人も入れないでしょ」

遺跡の発掘《はっくつ》は、遺跡管理局が発行する探索許可証《シークライセンス》無しで行ってはいけない。無断の盗掘《とうくつ》を避《さ》ける名目や、未熟者たちを守るためという建前もあるが、探索許可証を取るために一番重要なのは、その人物の思想である。管理局に反抗的《はんこうてき》な者や遺跡に歴史的価値を見出《みいだ》し、過去を知ろうとする考古学者たちには、絶対に発行されなかった。

現在の探索者《シーカー》たちは、管理局に従順な者で、遺物を発掘し地上に届けてくれる働《はたら》き蟻《あり》のような存在。当然、異邦人にも探索許可証は発行されず、随行者《ずいこうしゃ》として遺跡に入ることすら許されていない。

「だから、遺跡管理局の体制を変えて、考古学者や力のある異邦人に遺跡を解放するため尽力《じんりょく》してた。それが世界中の遺跡を人が踏破《とうは》するための近道だって。ま、結局は志半ば、探索中の事故で死んじゃったんだけど」

「……立派な人だったんだね。尊敬するよ」

理想を持ち、現在を変えるために、何かを成そうとしたソフィアの母に、シグは素直に感心した。自身もかつてはそうだったかもしれないが、今は隠れてのうのうと生き、静かに暮らしている。

「僕はただ、遺跡が大好きだから探索してるだけなんだけどね。その志はお母さんが創った組合《ギルド》に受け継《つ》がれてるしさ。シグさんもいつか、大手を振って探索できる日が来るから、もうちょっと待っててね」

シグは、なんだそういうことか、と納得した。ここまでソフィアに連れられてきたが、隠れ異邦人として通報されるのでは、と少し疑っていた部分もある。結果的にはソフィアなりの励《はげ》まし、異邦人と上手くやっていこう、という意思が感じられた。

「ありがとう。俺はソフィアちゃんみたいな人が増えて欲しいと願うことしかできないけれど、頑張《がんば》ってほしい」

「あはは！　なにそれ！」

かつては殺し合っていた人と異邦人。シグは時代の流れを感じながら、静かにほほ笑む。

▼

ルトイッツ繁華街《はんかがい》で賑《にぎ》わう酒場。坊主頭《ぼうずあたま》のごついマスターが佇《たたず》むバーカウンターに、沢《たく》山《さん》の酒樽《さかだる》や小さな丸椅子《いす》が置かれた広い店内。荒《あら》くれ者の吹《ふ》き溜《だ》まりのごとく、多くの探索者が集まって酒を飲《の》み交《か》わしていた。

「――本当に、良い人だったんだよ。シグさんもエマちゃんも」

バーカウンターにジョッキをゴンと置きながら、悲しい顔をして二人に哀悼《あいとう》の意を示すボニファーツ。上層という領域、自分が油断さえしていなければ、二人が命を落とすことなどなかった、と後悔《こうかい》していた。

シグとエマが底の見えない深い穴に落ちたあと、ボニファーツとエーファを置いてデニスが一人で様子を見に中層へと潜ったが、生存の可能性はほとんどないと言っていい。

「まあ、良い奴《やつ》ほど早死にするってのは自然の摂理みたいなものさ。今日は俺《おれ》の奢《おご》りだ、たくさん飲んで良い気持ちで送ってやりな」

「マスター……」

カウンターを挟《はさ》んだ向かいに佇む坊主頭のマスターが、ボニファーツを慰《なぐさ》めるように麦酒《エール》のジョッキを目の前に置く。

マスターもシグと面識はあったため、どことなく寂《さび》しい想《おも》いは感じていた。

「さあ二人のことを弔《とむら》いながら今日は飲もうぜ！」

「シグさんとエマちゃんは僕が悲しんだところで帰ってこないんだ……飲むしかない！」

だいぶ前から飲んでいるのでこのやり取りはすでに四回目であり、酒をしこたま飲む口実と化している。ボニファーツとマスターはジョッキをカチンと合わせ、炭酸の効いた麦酒をグビッと飲み込み――。

「俺、生きてるけど」

――クソほど噴いた。

すぐ横にシグが立っていたのだ。

「あ、あれ、シグさん？　なんで、幻覚《げんかく》？」

酒に酔っていたボニファーツは赤ら顔で混乱した表情を作る。もう酒のせいで幻《まぼろし》が見えているのかもわからない。

「いや本物だよ、さっき帰ってきたんだ」

頭の後ろを掻きながら苦笑いを浮かべるシグ。

「なんだ普通に生きてるじゃないか、そういう早とちりとかやめてくれよ。今日の分の勘《かん》定とるからな」

ボニファーツから盛大《せいだい》に麦酒をかけられたマスターは、顔をシャツの袖で拭きながら文句を言う。誰かが死んだ、やっぱり生きてた、というのは遺跡都市で良くある話。

シグも丸椅子を引き、カウンターテーブルの前に座る。

「勝手に殺さないでよ。あ、マスター！　麦酒下さい！」

「え、ちょっと、ほんとになんで生きてるの？　あの深さで助かったの？　エマちゃんは？」

怪我《けが》をしている様子もなく平然と麦酒を頼むシグに、ボニファーツは疑問しかない。シグとエマが落ちた穴を覗《のぞ》き込んだが、底が見えないほどの深い闇が広がっていた。

「そりゃ着地の瞬間《しゅんかん》ふわって感じで」

「あ、なるほどね！　ふわってやればいいのか！」

「エマちゃんも無事だよ。他の探索隊の人に助けてもらってね、地上まで送ってもらったんだ。さっきまで一緒だったんだけど」

「へ～、そりゃ良かった。二人が無事で本当に嬉《うれ》しいよ」

シグのふわふわした説明に、意味もよくわからず納得するボニファーツ。正直、今は酔っているのでどうでも良かった。

マスターから麦酒を受け取ったシグは、ジョッキを高く掲《かか》げる。それに呼応するようボニファーツが場を取り仕切った。

「それじゃあ、シグさんの生還《せいかん》を祝して――」

「「乾杯《かんぱい》!!」」

ジョッキをかち合わせる二人は、酒を飲める口実があればなんでも良かった。

ザースデンの探索者が愛飲する黄金の麦酒《エール》――喉《のど》ごしの良いバチバチとした発泡《はっぽう》と舌に残る程よい苦み、鼻腔《びこう》をくすぐる仄《ほの》かな香《こう》ばしさ。口内を駆《か》け回る刺激《しげき》にギュッと目を閉じ幸せを噛《か》み締め、つまみは相性抜群《あいしょうばつぐん》のプリッとした干し肉を頬張る。シグは疲れ切った身体を潤《うるお》す快感を覚えながら麦酒を飲み込んだ。

そんな調子でグビグビと麦酒を呷《あお》っていれば酔いも回ってくる。顔を真っ赤にもう何度目かの乾杯、生還祝いとあっては酒も進む。

「あ、そうだ！　聞いてよシグさん！」

ベロンベロンになったボニファーツがハッとした様子で叫《さけ》ぶ。ちょっと酔いも覚める事だったのか、呂律《ろれつ》もはっきりとしていた。

シグは急に叫び出したボニファーツに訝《いぶか》しげな顔をする。

「今このルトイッツに〝あの方〟が来てるんだよ！」

「あの方って？」

そんな方に心当たりはなく首をかしげるシグに、ボニファーツはたゆたう二重顎とニヤニヤとした笑顔《えがお》を近づけて、人差し指を立てた。

「新しい世界へと誘《いざな》う者――あの伝説の女王様《クイーン》さ」

「……新しい、世界？」

ボニファーツの言ってる意味がわからず、シグは眉《まゆ》を寄せるしかない。

「今から行ってみないかい？　――」

▼

深夜だと言うのに、ルトイッツの色街は活気に溢《あふ》れていた。

周囲の建物より立派な娼館《しょうかん》。正門の前にはそわそわとする男たちの長い行列ができている。今日は、あの伝説の女王様《クイーン》アデーレ・ローレ・グラフがルトイッツに来ているとあって大賑《おおにぎ》わいだった。

扉《とびら》を開けると外観にふさわしい立派なエントランス。ルトイッツ自体が比較的新しい都市なので、元から娼館にする目的で建てられたはずだが、それにしては金持ちな紳士《しんし》でも住んでいそうな館だった。

ただ、普通の館と違《ちが》うところをあげれば、饐《す》えたお香の匂《にお》いが充満《じゅうまん》し、中央の階段には艶《なまめ》かしい女たちが手を振りながら並び、柄《がら》の悪そうな黒服の男が玄関《げんかん》に居並んでいる。

館の一室では、白いパツパツの服を着たアデーレが、鞭《むち》を両手でピッと引っ張り不敵な笑みを浮かべている。真っ赤な紅で染めた唇《くちびる》に、妖《あや》しい煌めきを放つ切れ長の目。その足もとには尻《しり》を剥《む》き出しにされた贅肉《ぜいにく》たっぷりの男が、四《よ》つん這《ば》いになっている。

性感帯《スイートスポット》は一体どこか、男がいくら隠《かく》そうとしても、アデーレには全てお見通し。その深《しん》紅《く》の瞳《ひとみ》は、どんなに隠された秘《ひ》め事も暴《あば》いてしまう。

アデーレは、床《ゆか》に鞭を叩きつけた。

パン——と破裂《はれつ》するような痛そうな音に、男の身体は硬直《こうちょく》してしまう。男はぷりっぷりの尻を差し出し、物欲《ものほ》しそうに揺《ゆ》らすが……耳を打つのはもう一度床に鞭を叩きつける音——！

先程《さきほど》からじらされ続ける男の興奮は、最高潮にまで達していた。男が細々と探索生活を続けながら金を貯《た》めていたのは、今日この日、女王様に尻を叩いてもらうため。伝説の女王様は期待していた以上のもので、これから何が起こるのか予想もつかない。

『——い、今入られては困ります！　他のお客様もおりますので！』

『だから、私はアデーレの友達なの！　なんで友達に会いに来ただけで追い返されなきゃならないの⁉』

扉の向こうから聞こえてくる騒々《そうぞう》しい声は、黒服の人たちと揉み合ってる様子。これから何が——焦《あせ》りで男の頭の中が一杯《いっぱい》になったところで、バン——と開く目の前の木製扉。

「アデーレ！」

現れたのは、金髪碧眼《きんぱつへきがん》の娘《むすめ》、リタ・ヴァイカート。

「リタじゃん！　久しぶりじゃないか！　なんでこんなところにいるのさ？」

鞭を持って驚《おどろ》きの表情を浮かべるアデーレは、仕事中に割って入られたにもかかわらず、とても嬉しそうな声をあげる。久しぶりに会ったリタを見て、両手を広げ喜びを表していた。

「久しぶり！　ちょっと用事でね、元気だった？」

「元気元気！　今日も目一杯《めいっぱい》鞭振《むちふ》るってるぜ！」

「アデーレは相変わらずだね」

「あっは、私には法術と鞭しかないからな！」

アデーレは口角を上げてニッと笑い、両手で鞭をピッと張り決めポーズ。細身の肢体《したい》に張り付く白い布が妖艶《ようえん》さを醸《かも》し出す。

「ね、これからご飯行かない？　私まだ食べてないんだ」

「いくいく！　こっちも前の客で上がりだって言ってんのに無理やり客入れられてさ、頭きてたんだよな。契約違反《けいやくいはん》だっての」

「黒い服着てる人たち？　私も、ここは女が来るとこじゃねえ、とかいきなり言われて追い返されそうになってね、ちょっと怒《おこ》っちゃった」

アデーレが扉の向こうから焦ったように覗き込む黒服に声をかける。

「んじゃ、私帰っから。あとでこっちのお客さんと待ってるお客さんに返金しておいて」

リタから食事に誘われ、あっさり帰ろうとするアデーレに困る黒服。

「あ、ちょっとアデーレさん！　そんな勝手は困るよ！」

「は？　もうこの店来てやんねえよ？」

「いや、それは……」

しかし、アデーレの方が立場は上なのか、何も言い返すことができない。

アデーレは部屋の外に顔を出すと、唖然《あぜん》とする客の男にも声をかけた。

「おっちゃんごめんな。今度来たときサービスしてやっから」

「あ……はい。お願いします」

女王様《クイーン》からの艶《あで》やかなウインクに、客の男は照れ笑いを浮かべながら素直に了承《りょうしょう》する。

〝お預け〟だと思えば謁見《えっけん》できただけでも満足。

「んじゃ行こうぜ、リタ」

「うん！　……ていうか、着替えなくていいの？」

「え？　これ私の普段着《ふだんぎ》だから――」

女王様のお部屋から、楽しげに出て行くリタとアデーレ。シンと静まり返った室内に残されたのは尻を出したまま四つん這いになった男。

（いきなりの乱入、お預け、放置……なんてレベルの高いプレイだ）

全てが去った後に残った静寂《せいじゃく》――デニス探索隊《たんさくたい》随行者ボニファーツは、満足そうな顔で、もそもそとズボンを履《は》く。

「今度はシグさんも連れてこようっと」

この後、代金は全部返ってきた。

▼

坊主頭のマスターが営むルトイッツ繁華街の大きな酒場――。

リタとアデーレは、外で婦女子に囲まれながら待っていたレナートスと合流し、深夜の酒場に繰り出していた。

旅の仲間との久しぶりの再会だが、リタは心ここにあらずといった様子。レナートスとの会話は弾《はず》まないし、一点を見つめながらフォークにパスタをくるくると巻き続けていた。アデーレに具材のイカを掠《かす》め取られても全く気がついていない。

「リタ、どうかしたのか？」

さすがにおかしいと感じたのか、アデーレが声をかける。旅をしていたとき、リタはいつも明るく朗《ほが》らかだった。

「う、ううん！　何もないよ！」

「……そうか」

慌《あわ》てて笑顔を作り、手を振るリタ。明らかにおかしな様子にアデーレは口をへの字に曲げるも、リタが聞いて欲《ほ》しくないことだと察して追求することはない。レナートスも澄《す》ました顔で麦酒を嗜《たしな》むだけ。

「ほんと！　久しぶりに皆《みな》と食事できるなんて嬉しくて！　パオルとカール爺《じい》もいればなあ」

「パオルさんは格闘士《かくとうし》としてスラウゼンの闘技場《とうぎじょう》に戻《もど》っていますし、カールさんは隣国《りんごく》のジンデアにいますよ。魔術学校の学長に戻ったみたいです」

「カール爺《じい》さんが学長とか、その学校大丈夫なのかよ？」

カールが魔術を使用する姿を見たことがないアデーレは、不審《ふしん》な表情を作って麦酒に口をつける。心配するアデーレの法術もお粗末《そまつ》なものだが、カールはもう高齢《こうれい》のためか魔術のかけらも披露《ひろう》することがなかった。

「講師は世界中から集まった一流揃《ぞろ》いで、生徒も将来有望な子が多いみたいです。皆カールさんの伝説に憧れてるんでしょうね」

ジンデアが大国に囲まれた小国でありながら影響力《えいきょうりょく》を持つ理由は、長い歴史の他に優秀《ゆうしゅう》な魔術士を多く輩出《はいしゅつ》してきたことにある。その栄光を長年支えてきたカールはまさに国の英雄《えいゆう》であり、魔術の第一人者として尊敬されていた。全盛期《ぜんせいき》のカールのように黎明《れいめい》の賢者《けんじゃ》と呼ばれることを夢見て、ジンデアには世界中から優秀な魔術士が集まってくる。

「へえ、一人で竜《りゅう》の群れを殲滅《せんめつ》して街を守ったとか嘘《うそ》くせえ話ばっかりだけどな」

原初級《アツィルト》の魔術を操《あやつ》り単独で異邦人の軍勢と戦い、さらには竜の群れを殲滅した逸話《いつわ》など。カールは様々な伝説を残しているが、現在の姿しか知らないリタとアデーレにはどれも信じがたい話だった。

「その昔魔王《まおう》と喧嘩したこともあるって言ってたな。嘘じゃねえならカール爺さん歳幾《いく》つだって話になるし、伝説の魔王と戦って無事に生きて帰れるもんなのかね。竜の群れどころか大国を滅《ほろ》ぼすんだろ？」

「そう、だね」

高名な賢者たるカールの生ける伝説よりも、〝魔王〟という言葉にリタの胸の中がちくりと痛む。アデーレはその恐《おそ》ろしい魔王の尻を引っぱたこうとしていた。

「はっは、僕らも魔王に挑《いど》もうとしていたじゃないですか。結果的に会えませんでしたけどね」

「まあな、あの女から引退したとか意味わかんねえこと言われた時は驚いたぜ」

腕を組んで難しい顔を作るアデーレ。ルンベルク城にて魔王が引退して大人しく暮らしていると聞かされたが、大した理由もなく姿を消すとは考え難《にく》く、世界の裏で何か企《たくら》んでいるものだと睨《にら》んでいる。

「そういやリタは魔王に会えたのか？」

「え？　あ……」

仲間たちからは当然聞かれること。魔王に会うどころか、一緒《いっしょ》に住んでいたリタはドギマギとしてしまう。

「う、うん！　……戦って、手も足も出ないまま負けちゃったんだけど」

「まじかよ！」

アデーレは驚きながら樽《たる》テーブルの上に身を乗り出す。魔王に会ったどころか戦って負けたという。しかも、リタが簡単に敗れてしまったとあれば、特に何もしてなかった自分たちが集まったところで敵《かな》うはずもない。

「は〜、よく無事だったな」

「ま、まあね」

「リタが全然敵わないってんなら、魔王が恐ろしいほど強いって伝承も真実味《しんじつみ》が増してくるな」

一緒に旅をしていただけあって、リタの強さは良く理解している。異邦人たちの盗賊団《とうぞくだん》に一人で突っ込《こ》んでは壊滅《かいめつ》させてきたり、悪事を働いていた領主の城に単身で乗り込んで行ったり、竜をぶっ殺してきたり。リタなら本当に伝説の魔王にも負けないのではないか、と当時は思っていたほど。

二人のやり取りを聞いていたレナートスが、顎に手を当て話に割って入る。

「リタさんでもダメでしたか。……なら、いっそのこと魔王の力を封印《ふういん》してみてはいかがでしょう？」

「魔王の封印って、それが難しいから大変だって話だろ？　どうせ百年近く経《た》てば出てくるんだし、また繰り返すだけだ」

魔王の封印――レナートスの言葉に、アデーレは訝しげな顔を作った。それが簡単にできないから各国が困っているわけであり、成した者は本物の勇者と呼ばれ称《たた》えられる。素《す》直《なお》に封印されてくれ、と言ってもできるはずがないとわかりきっていた。

しかし、レナートスは口角を上げて怪しい笑みを浮かべるだけ。

「いいえ、僕が言ってるのは〝魔王の力〟の封印です。異邦人の力、深淵《しんえん》の力そのものを封印するって言えばいいですかね？」

「……魔王の力の封印って、そんなことができるの？」

「ええ、できるはずですよ」

悪魔《あくま》の光を目撃《もくげき》していたリタにはとても信じられない話。あの力を封印する方法などあるのかと疑問に思う。

二人の訝しげな視線も意に介さず肩《かた》を竦《すく》めたレナートスは、いくつかテーブルを挟み一人で飲んでいる男を指差した。

「封輪が異邦人の力を封じているじゃないですか」

男が左腕《ひだりうで》に着けているのは封輪。異邦人が人里で暮らすための首輪のようなもの。

興味深そうに聞いていたアデーレは、そんなことかと拍子抜《ひょうしぬ》け。勿体《もったい》ぶって話すようなことではない。

「そんなんで封印っても、魔王に封輪壊《こわ》されて終《しま》いじゃねえか」

深淵の力を封じる封輪は、頑丈《がんじょう》に作られていても壊せないわけじゃない。頭に血が上った異邦人が身勝手に深淵の力を振《ふ》るわないように、とつけているようなものであり、人と争う気はない、という意思表示の意味合いが強い。勝手に外せば罰則《ばっそく》もあるが絶対的な力の封印とは到底《とうてい》言えず、より大きい超越級《ちょうえつきゅう》の深淵の力を封じられるのか試《ため》したことすらない。

だが、アデーレの否定的な意見にもレナートスは飄々《ひょうひょう》とするだけ。

「いいえ、あの封輪ではないんです。あるはずなんですよ、封輪の元となった遺物が。それなら簡単に壊せないかもしれませんし、どんな異邦人の力でも封じることができるはずです」

「元となった遺物？」

遺物とは、ときおり遺跡《いせき》から発掘される古代の技術を用いた武器や道具。神器はその遺跡を象徴《しょうちょう》するような大発見となる遺物のこと。遺物を研究し、魔導《まどう》技術で再現してきたものに、魔素《まそ》を遮断《しゃだん》する〝極光《アウロラ》〟や、深淵の力を封じる〝封輪〟がある。どんな素材や技術で作られているのかもわからず、殆《ほとん》どの遺物は壊すことや分解すること自体が難しいため研究もなかなか進まないのが現状。

遺物は単体でも強力な物が多く、ザースデン政府は隣国シュテノヴに対抗《たいこう》するため、ルトイッツ地下迷宮《めいきゆう》の遺物発掘を急いでいる。

「そうです。遺物の強力な封輪を見つけ魔王につけることができれば、もうただの人と変わりません。あとは放っておいて寿命《じゆみよう》を待てばいいだけです」

「ただの、人……」

強い力を持つシグが、ただの人になる。レナートスの話を聞いたリタの心は、なぜか大きく揺れ動いた。悪魔の光、災厄《さいやく》の力さえなくなれば、シグが平穏《へいおん》に暮らしていけるのではないか、と考えてしまったのだ。

普通《ふつう》の女の子になりたいリタと、勇者の使命を忘れられないスラウゼンの剣《けん》。泣きそうな顔でケーニッツを良い村だと言ったシグと、全てを消し去る悪魔の光を放った異邦《いほう》の王。もやもやとした何かが少しだけ晴れ、心の隙間《すきま》に差し込む光。

シグが普通の人と変わらなければいい、魔王の力がなくなれば世界の脅威《きようい》ではなくなる、と。

「は～、そんな都合の良いものがあるなら早く使えって話になるわ。何やってんだよ、お偉《えら》いさんたちは」

「遺物の管理は遺跡管理局に一任されていますし、色んな〝事情〟があるんですよ。きっと」

唇を尖らせ悪態をつくアデーレに、意味深な笑みを浮かべるレナートス。小さな希望に興奮した様子のリタは、身を乗り出して質問する。

「その封輪の元になった遺物、今どこにあるのかわかる⁉」

「さあ、厳重に管理されているので、僕もそこまでの情報は」

「……そ、そっか」

あっけらかんとしたレナートスに、リタは残念そうな表情を作った。

元気がなかったり、嬉しそうにしたり、残念そうにしたりするリタにアデーレは小さく笑う。

「ですが――」

先程は〝元になった遺物〟の場所は知らないと言ったものの、樽テーブルをコツコツと叩《たた》くレナートス。

「ここルトイッツ地下迷宮にも、〝同じような遺物〟が埋《う》まってるという情報は得ていますけどね」

目を丸くするリタに、不敵な笑みを向けた。

「こうして再会できたのも何かの縁《えん》ですし、せっかくなので皆で探しにいきませんか？」

探索者を生業とする者が多い遺跡都市ルトイッツは、朝から活気に満ち溢れていた。地下迷宮入り口付近の広場では探索者たちが待ち合わせ、今日の探索予定地点を確認《かくにん》し、良い発掘ポイントまで我先に辿《たど》りつこうと気合いを入れている。

そんな探索者たちの集まりに紛《まぎ》れながら、諜報員《ちょうほういん》二人は周囲に目を凝《こ》らしていた。

「ここで待ってたってシグっさんが見つかるわけねえっすよ。あの人だってバカじゃないんすから、こんな目立つ場所で待ち合わせなんかしないっす」

噴水《ふんすい》周りの縁に腰掛けフードを目深《まぶか》に被《かぶ》ったエルナは、あくびをしながらウィレムに声をかける。昨日から魔王の所在を探《さぐ》ったり、闇市場《やみいちば》に出回っている遺物の情報を調べたりとこき使われっぱなし。宿に帰ることもできなかった。

「どうだろうな、奴は人へ溶《と》け込む術に長《た》けている。堂々としていれば怪しまれないと知っているんだろ」

「溶け込むっても田舎《いなか》の農夫になるのとはわけが違うっすよ？　ここには人がたくさんいるんすから」

「だからこそだ。人を隠すには人の中、異邦人を隠すのも異邦人の中。それに、レナートスも魔王を狙《ねら》っているはずだからな」

口を尖らせるエルナの進言を却下《きやつか》しながら、ウィレムは周囲に目を配り注視する。二人の目的は、レナートスの動きを探ることにある。まずは狙われているであろう魔王を見つけ出し、状況《じようきよう》を把握《はあく》しなければならない。

「おそらくだが、レナートスは遺物の〝何か〟を使って魔王に仕掛《しか》けるつもりだ。地下迷宮に現れる可能性が最も高い」

遺跡管理局が持つルトイッツ地下迷宮で発見された遺物一覧表の閲覧者履歴《えつらんしやりれき》から、レナートスの目的が遺跡にあるとウィレムは予想していた。閲覧者履歴は非公開の情報ではあるが、シュテノヴ特務諜報員であるウィレムの手にかかれば探ることなど造作もない。ガラの悪そうな管理局員にお金を包んでちょちょいのちょいだ。

しかし、エルナの偽造探索《ぎぞうたんさく》許可証で借りて来させた遺物一覧表を見ても、レナートスが何を狙っているのかが全く掴めない。

「先輩《せんぱい》の情報はいつも勘だから当てになんねえっすわ。はいこれ、昨日頼《たの》まれてた闇市場に流れてる遺物品目《リスト》っす。盗《と》ってくるの大変だったんすからね」

ふん、と鼻を鳴らすウィレムは、無造作に折りたたまれた紙を受け取る。

相変わらず微々《びび》たる可能性で動くウィレムに辟易《へきえき》としながら、エルナは周囲を見渡《みわた》しシグッさんを探した。正直、簡単に見つかるはずがないと思っているし、そんなにやる気もない。中年太りの探索者を発見し、弛《たる》んだ腹がウィレムと似てるなあ、とニヤニヤしながら見つめ、その中年デブが手を振った先に、弾ける笑顔の魔王とよく似た人が歩いてるなあ、と思っていたら、魔王その人だった。

エルナは顔をバッと隠し冷《ひ》や汗《あせ》をかく。いきなり見つけてしまった。魔王は自らの存在を隠している素振《そぶ》りもなく大きく手を振っていて、（あの人やっぱりバカなの？）と思うしかない。

「先輩、いたっす」

訝しげな顔で振り向いたウィレムは、エルナが小さく手のひらを向ける先に魔王の姿を確認する。装《よそお》いは中年男の頼《たよ》りない探索者といった二人組。

フードを目深に被って注視していると、とんがり帽子《ぼうし》の女の子も合流した。

「なるほどな、単独ではなくすでに探索仲間を作っていたのか」

「馴染《なじ》みすぎっすよ、あの人自分が魔王だって自覚あるんすかね」

「いや、取り巻きのあいつらだって何者かも分からん。俺が様子を見ておくから、エルナは宿に帰ってリタ・ヴァイカートにでも魔王発見を伝えてやれ」

レナートスを捕《と》らえる上で、リタの協力は必須《ひっす》となる。元旅の仲間として接触《せっしょく》の確率は非常に高く、手伝って貰《もら》えればレナートスを仕留める成功率も飛躍的《ひやくてき》に上がる。ただし先手を打てればの話。そのためにエルナを懐柔《かいじゅう》したと言ってもいい。

「帰ったらそのまま寝《ね》てきていいっすか？」

「……好きにしろ。ただし定時連絡《れんらく》は欠かすな」

「やった！　絶対欠かさねえっす！」

諜報局《ちょうほうきょく》をやめて後輩《こうはい》じゃ無くなったせいか、なかなかに優《やさ》しくなったウィレムは懐《ふところ》から白く細長い石を取り出しエルナに託《たく》す。空気中の魔素を震《ふる》わし、通信を可能とする干渉石《かんしょうせき》。

エルナはパシッと受け取ると意気《いき》揚々《ようよう》に立ち上がり、宿に向かって歩き出そうとする。しかし、とあることを思い出して立ち止まった。

「あ、そういやレナートスって人はどんな顔してるんすか？」

ウィレムは魔王に対する視線を切らさず、エルナに一枚の写真を手渡《てわた》した。そこには茶《ちゃ》髪《ぱつ》で爽《さわ》やかな青年の横顔が写っている。

「へえ、男前っすね」

男前と褒《ほ》める割には、あまり興味もなさそうにウィレムへ写真を返すエルナ。

「んじゃ、お仕事頑張ってくださいっす」

相変わらず仕事熱心な先輩に小さく手を振り、リタと泊《と》まっている宿へと帰っていった

――。

エルナが宿の部屋に戻ってもリタの姿は無く、まだ街中で魔王を探しているのか、帰ってきた様子もなかった。

リタに魔王発見の報告をしなければならないエルナは、さてどうしようかな、と一瞬《いっしゅん》考えるも、疲《つか》れた身体でふかふかのベッドの上にダイブ。

――眠《ねむ》いので寝た。

第三章 吟遊詩人は笛を吹く

シグとエマの遭難《そうなん》の翌日、ルトイッツ地下迷宮前の広場。顔を合わせるシグとエマ、ボニファーツのデニス探索隊。炎槍《えんそう》ソフィアの一団に助けられた探索仲間の生存と、再会を喜び合ったのもつかの間のこと。

「——え!?　デニスさん帰ってきていないいんですか？」

いつもの待ち合わせ場所で、シグはボニファーツからデニスの所在が知れないと聞き、驚きの表情を浮《う》かべる。

「そうみたいなんだよね。今エーファさんに管理局の出入記録を調べてもらってるんだけど、もしかしたら昨日からずっと地下迷宮の中にいるのかも」

二重顎《あご》に手を当て、ボニファーツが難しい顔を作る。デニスがシグとエマの救助に向かったとしても、一日中地下迷宮に潜《もぐ》るはずがなく、一旦《いったん》外に出て人を集めるか、救助依頼《いらい》を要請《ようせい》するはず。地上に戻っていないとすれば、地下迷宮内で事故に遭《あ》ってしまったのか、狂獣《きょうじゅう》に襲《おそ》われてしまったのか。いずれにせよ、単独で深く潜ってしまったことは確かであり、危険があったに違いない。

「私の、せい……ですよね？」

シグとボニファーツの話を聞いていたエマは、とんがり帽子を目深にかぶりどこか暗い表情。自分たちを探してくれようとしたデニスが行方《ゆくえ》不明になったとあれば、責任を感じてしまう。

「い、いやエマちゃんのせいじゃないよ？　僕《ぼく》たちだって止めたし、デニス君は自分の判断で助けに行くと決めたんだから。それに、まだ地下迷宮の中にいるって決まったわけじゃないからね」

「そう、ですか――」

――しかし、豊満な乳を揺らしながら小走りに戻って来たエーファが、残念な事実を告げる。

「デニスさん、やはり昨日から地下迷宮を出た記録がないそうです……」

太い眉を八の字にして心配そうな顔。エーファの報告を聞き、最悪の事態を想像した三人は各々《おのおの》困った様子を見せる。

遺跡で起こることは全て自己責任。遭難したところで誰《だれ》も助けになど来てくれない、というのが暗黙《あんもく》の了解《りょうかい》だった。二次被害《ひがい》を防ぐため、基本的には助けに行くことも推奨《すいしょう》されない。

一瞬沈黙《いっしゅんちんもく》するも、口を開いたのは頭をかいていたシグ。

「間に合うかわからないけど、俺が助けに行ってくるよ」

デニスが一人で地下迷宮の奥《おく》に足を踏《ふ》み入れてから丸一日近く経ってはいるが、まだ生存の可能性は高い。助けに行く価値は十分にあった。

「何言ってるのシグさん、地下迷宮の奥は危険がたくさんあるんだ。簡単に行けるわけないだろ？」

「大丈夫《だいじょうぶ》。元はと言えば穴に落ちちゃった俺がいけないんだから、ちょっとの危険くらい」

「ちょっとの危険じゃないって」

ボニファーツが言っているのは、熟練の探索者でも一人では危ない領域だという話。地下迷宮の中層からは死が口を開けて待っているようなものであり、少しでも油断すれば簡単に命を奪《うば》われる。

「私も助けに行きます」

シグの言葉を聞いたエマも顔を上げた。一度遭難したので、助けが来ない、という絶望的な気持ちを知っている。

熟知しているはずの地下迷宮の不文律、それを破ってまで助けに来てくれようとしたデニスを放っておくことなどできはしないし、ましてや原因が自分たちにあるとすれば尚《なお》のこと。

デニスを助けに行くという二人に、エーファとボニファァーツも困るしかない。

「でも、私たちには探索《たんさく》許可証がないんですよ？」

「あ……そういえばそうだね」

シグたちは、デニスがいなければ地下迷宮に入ることすらできなかった。ボニファァーツは今気がついたのか、口を開けて相槌《あいづち》を打つ。

だが、探索許可証を持たなくてもシグは意に介《かい》した素ぶりもなかった。

「〝遺跡破り〟でもすれば良い。デニス君の命の方が大事だし」

遺跡破りとは、管理局を通さず遺跡に侵入《しんにゅう》する盗掘行為《とうくつこうい》のこと。罰則もあるため、捕《つか》まれば牢屋《ろうや》に入れられることになる。

「だから俺《おれ》一人で大丈夫。エマちゃんはボニさんとエーファさんと一緒に待っててよ」

「シグさん……」

当然、エマを犯罪行為《こうい》に巻き込めるはずはなく、シグは一人で行くと宣言。もちろん捕まるつもりはないし、追われても逃《に》げきれば良いだけの話だった。地下迷宮へ侵入し、中層に向かったデニスを助けてルトイッツから逃げ出す。

「必ず、デニス君を連れて帰るから」

最悪仲間との別れが待っている行為だが、シグにしかできないのであればやるしかない。ボニファーツの目にはシグが命を捨てる気なのかと映ってしまうが、昨日一緒に遭難したエマは、シグには十分可能なことだと知っている。

「シ、シグさん、遺跡破りなんて無茶《むちゃ》だって……」

「大丈夫だって」

止めようとするボニファーツ、心配するエーファとついて行くべきか迷うエマに背を向け、シグが地下迷宮の入り口へ向かおうとしたとき。

「——あれ、何かあったの？」

燃えるような真っ赤な髪《かみ》にゴーグルをかけた女の子、ソフィアが立ち竦む四人に声をかけた。

——四人からかいつまんで事情を聞いたソフィアは、腕《うで》を組んで難しい顔を作る。リーダーであるデニスを失ってしまったのは探索仲間にとって痛い事実ではあるが、助けに行く、という選択肢《せんたくし》はどうにも勧《すす》められない。

言葉は悪いが、遺跡で遭難してしまった人は見捨てるのが探索の基本。今回の場合でいえば一概《いちがい》にシグとエマだけのせいではなく、一人で救出に向かってしまったデニスの責任が大きかった。

「今は下手に動かないで、捜索《そうさく》の依頼を出した方が良いんじゃないかな？　報酬《ほうしゅう》が釣《つ》り合えば人や遺体を探してくれる組合もあるしさ」

どうしても救出に向かいたい場合は、仲間を集めて相応の準備をするか、探索者組合《シーカーギルド》に依頼する。シグたちの場合はそもそも仲間が少ないので大手の組合に依頼すべきだ。

しかし、シグは首を横に振った。

「誰かに頼って待っていたら、間に合わないよ」

今から依頼を出して受けてもらうのを待ち、救出の準備が整うまでに数日かかってしまう。すでに半日が経過しているため、時間とともにデニスの生存率は著《いちじる》しく下がっていく。

「ん〜、うちの組合から救助隊を出せればいいんだけど、今は皆出ちゃってるから」

真夜中の梟《ふくろう》は今、大きな仕事を引き受けてしまったため、組合員が総動員されている。

それはソフィアも同じで、知り合いのデニスを助けたい気持ちもあるが、困り顔で頭をかくしかない。

「俺、行ってくるよ」

シグは踵を返して皆に告げる。

探索者として四人より先輩であるソフィアの言っていることは正論だったが、シグは聞く耳を持たない。おろおろとソフィアとシグを交互《こうご》に見るボニファーツに、心配そうな顔で樫《かし》の木の杖《つえ》を抱《だ》きしめるエマ。

背を向けたシグに、ソフィアは仕方ないといった様子でため息を吐《は》いた。シグが本気で地下迷宮の奥に向かおうとしていることは雰囲気《ふんいき》から伝わってくる。このまま放置しても危ないだけ。

「……わかった、僕の許可証で入れてあげるから待ってて。さすがに遺跡破りは不味《まず》いからね」

ソフィアの言葉に、ボニファーツは驚いた表情を浮かべ、黙《だま》っていたエマもハッと顔を上げる。

「ただし、全員で行くこと。僕が先導してあげることはできないけど、それが条件だよ」

真《ま》っ直《す》ぐにシグの背中を見つめるソフィアは、未熟な随行者《サポーター》四人で地下迷宮に潜る条件を提示した。失敗した時の被害を考えれば少数の方が良いことは確かだが、シグが単独で地下迷宮に入り無茶をしないようにするには、仲間と行動を共にした方がいい、という判断だった。

エーファは訝《いぶか》しげな顔をしてソフィアに尋《たず》ねた。

「でも、私たちが行ってもしもの事があれば、ソフィアさんの探索許可証《シークライセンス》に傷が付きますよ？」

さすがに四人同時にはぐれ、死亡させたとあってはソフィアの探索許可証が不適格として剥奪《はくだつ》される恐れがある。期間を空けて一人二人なら冥福《めいふく》を祈《いの》ってくれるが、遺跡管理局もそこまで甘《あま》くはない。

「構わないよ、うちの組合には許可証持ちがたくさんいるし、誰かの随行者になればいいから。……それに」

シグさんなら皆を無事に帰すことができるでしょ、と言いたかったが、ソフィアは言葉を飲《の》み込む。未熟な仲間を守りながらデニスを探すのは難しいことかもしれないが、竜の顎を投石のみで粉砕《ふんさい》するシグは第一級の異邦人《いほうじん》と予想している。遺跡が少し危険な状況にあろうと、並の狂獣なら相手にならないと確信していた。

「助かるよ、ありがとう」

振り返ったシグに、ソフィアは懐から探索図を取り出し大きく広げた。

「まず、探索者が遭難や怪我《けが》をしてあまり動けなくなった場合は〝ハーフルの葉〟の群生地を目指すんだ。濃《こ》い魔素に侵《おか》された水を飲むためには必要だし、狂獣も寄ってこないからね。デニスさんもそこら辺は心得ているはずだよ」

エマとエーファは探索図をまじまじと眺《なが》め、まだ中層に行くと心に決めていなかったボニファーツも雰囲気に呑《の》まれて後ろから覗《のぞ》き込む。

ソフィアは広大な中層領域の中から、三つのポイントを指し示した。

「中層領域の群生地は三つ。何らかの事故に遭ったのなら、デニスさんはこのどこかを目指した可能性が高いよ。死んでいなければ、だけど――」

▼

ごつごつとした岩壁《がんぺき》に囲まれた比較的《ひかくてき》広い領域。薄暗《うすぐら》い中層の魔石採掘場《さいくつじょう》にて、アデーレは崖《がけ》の下を覗き込みながら冷や汗を垂らす。

「え、この崖降りて行くの？　底が見えないんだけど」

「うん、下層への近道なんでしょ？　レナートス」

「ええ、ここを降りるのが一番早いようです」

中層から下層へと続く、深淵を彷彿《ほうふつ》とさせる先が真っ暗な崖。手っ取り早く下層を目指すリタは、当たり前のようにその近道を使うと言う。

昨晩、魔王の力を封印する手がかりを聞いたリタは、レナートスとアデーレを伴《ともな》い遺跡の深部へ挑むことになった。狙うは深淵の力を封《ふう》じることができる遺物の腕輪《うでわ》。

最近、遺跡の調査で何度か潜っていたというレナートスを隊長に、順調な足取りで深部へと進んでいく。

「いや、これ道じゃねえから。崖だから」

「なんか二人がいると、あの冒険《ぼうけん》の旅路を思い出すね。みんなで険しい山登ったりしてさ」

「話聞けよ。これ登りじゃないし、落ちて行く崖だから」

アデーレは（あ、そういえばこんな子だった）とリタの無茶な近道に付き合わされた日々を思い出し、雰囲気で遺跡についてきたことを早くも後悔《こうかい》する。

眉間《みけん》に皺《しわ》を寄せるアデーレに、満面の笑《え》みを浮かべるリタ。相変わらずのレナートスは二人のやりとりを微笑《ほほえ》ましく見守る。

「すぐに済むからさ、行くよ！」

「ちょっと待って、心の準備できてないんだけど」

嫌《いや》がる素振りを見せるアデーレを脇《わき》の下から抱《かか》え、意気揚々と崖から飛び降りようとするリタ。左手にブリュンヒルデを構えて準備万全。

「レナートスは大丈夫？」

「ええ、大丈夫ですよ」

「うん、それじゃ先行ってるね――」

言うと同時、深淵の暗い闇《やみ》の中に身を投じた。抱えたアデーレと共に。

「まじかよ――」

レナートスは、アデーレの悲鳴が響《ひび》き渡《わた》る暗い穴の中を覗き込んだ。

ある程度落ちたところで、リタは左手に持ったブリュンヒルデを突《つ》き立て、ガリガリと壁《かべ》を削《けず》りながら減速。落ちて行く恐怖《きょうふ》に気を失いかけたアデーレの顔がガクガクと揺《ゆ》れる。

微《かす》かな光が見えてくると、壁からブリュンヒルデを離《はな》し、ドンと土煙《つちけむり》を上げて着地――。

「ね、すぐだったでしょ？」

「……引《ひ》っ叩《ぱた》いて良い？」

グッタリとしながら抱えられたアデーレは、リタに切れ長の目を向けて鞭《むち》を握《にぎ》りしめた。

リタたちを追うように、細長いワイヤーを使いゆっくりと降りてくるレナートス。なぜそんな便利なものがあるのに先に出してくれないのか、眉間に皺を寄せ降りてくるレナートスを睨みつけるアデーレ。

「おい、なんだその道具は」

ワイヤーと繋《つな》がる腰《こし》のジョイントを外し、パッと安全に着地したレナートスは肩を竦める。

「こんなこともあろうかと持ってきました」

「さっきは探索許可証出してたし、相変わらず無駄《むだ》に準備がいいな」

リタたちがルトイッツ地下迷宮に入ったのもレナートスが持っていた探索許可証を使って。探索許可証からとっても伸《の》びるワイヤーに素敵《すてき》な楽器まで、レナートスが持っている大きな肩掛《かたか》け鞄《かばん》には何でも入っていた。

そういえばレナートスってこんな奴《やつ》だった、とアデーレは思い出す。普段《ふだん》の旅の生活ではあまり役に立たないが、貴族の推薦状《すいせんじょう》から、豪商《ごうしょう》が欲しがっている骨董品《こっとうひん》まで、旅を円《えん》滑《かつ》に進める重要な道具は、なぜかレナートスが持っていた。あまり深く考えたことはなかったが、どうやって手に入れてきているのか、アデーレは不思議に思っていた。

鞄から取り出した白い粉を周囲に撒《ま》くレナートス。

「それは何やってんだ？」

「ああ、これは狂獣避《きょうじゅうよ》けの粉ですよ。一応匂《にお》いが残らないよう、僕たちの通った道に撒いてるだけなので気にしないでください」

「は〜、念には念をってやつか」

「そんな感じです」

アデーレは感心しながら腕を組み、レナートスの行為を興味深げに眺めていた。

「それじゃ、元気良く行くよ！」

リタ本人は気にもせず、久しぶりの仲間との冒険を楽しんでいるのか、パンと両手を叩き、気合いを入れた素振りを見せる。

まずは前の連絡路《れんらくろ》か左の連絡路か、リタは探索図《たんさくず》と睨めっこしながら悩《なや》んだ素振りを見せる。

「レナートス、どっちに向かえばいい？」

「ちょっと待ってくださいね」

探索図を受け取り光石のランタンで照らすレナートス。爽やかな表情から少し難しい顔に作り変えると、うんと頷《うなず》き左の連絡路を指し示した。

「たぶんこっちです。行ってみましょう」

「たぶんって何だよ、はっきり言えよ」

曖昧《あいまい》な言葉にアデーレが訝しげな表情を浮かべるも、レナートスは素知らぬふりで歩き出す。魔王討伐《まおうとうばつ》の旅のときから変わらず、曖昧な表現で重要な情報を提示する男だった。

リタは二人の懐《なつ》かしいやりとりに微笑みを浮かべながら歩き出した。（やっぱり、皆《みな》変わってないな）——そんなことを考えながら。

——薄暗く湿《しめ》った土壁《つちかべ》が続く通路、ぬかるんだ地面も歩き辛《づら》く嫌な雰囲気が漂《ただよ》う。

先頭には光石の灯《あか》りを持つレナートス、リタを真ん中にアデーレが最後尾《さいこうび》。背後から狂獣に襲われる可能性は低いが、戦闘《せんとう》能力の高いリタが前後どちらにでも動けるよう自然と隊列を組む。

「……でも、下層までこんな近道があるのに、何であの崖は梯子《はしご》が掛《か》けられてないのかな？」

ふと、リタの脳裏《のうり》を過った疑問。中層から下層まで一気に降りられる崖ならば、他の探索者たちは何故《なぜ》利用しようとせず放置しているのか。

遺跡発掘《いせきはっくつ》に貪欲《どんよく》な探索者たちなら、梯子を作るか、太く長いロープでも垂らしそうなもの。

「道じゃねえからだろ」

「そうかなあ」

アデーレは先ほど落とされたことを恨《うら》むように言うも、探索者なら道の無いところに道を作るなどお手の物。

リタが首を傾《かし》げていると、答えらしきものをレナートスが口にする。

「おそらくは、危険だからですよ」

「危険？」

「ええ。あそこから降りても、その先の道を通れなければ意味がありませんから」

「……あ、なるほど。じゃあ、この先に何かいるってことかな」

「さっき確認しましたが、探索図にも載《の》っていない道ですからね」

レナートスが先ほど、たぶん、と言ったのは、本当に道が記載《きさい》されていないからであり、惚《とぼ》けたわけでもない。どうせそんなことだろう、と理解していたアデーレは小さく鼻を鳴らした。

三人で話しているうちに、次の領域が見えてくる。連絡路の向こうには青白い薄明《うすあ》かり。慣れているのか、なんらかの危険があるとわかっていても躊躇《ちゅうちょ》なく進むレナートス探索隊。

足を踏み入れれば、ゴツゴツとした大きな岩が所狭しと並ぶ広大な領域だった。

「は〜、こりゃ危険だわ」

領域に巣食う無数の狂獣たちを見上げ、アデーレは感心したように頷く。

侵入者《しんにゅうしゃ》の気配に気がついた狂獣が、頭を上げて小さき者たちを睨《にら》みつけた。暗がりの中に浮かぶ赤く染まった無数の眼。威嚇《いかく》しているのか口元の隙間から小さく火を吹《ふ》き、太い脚《あし》は地を強く踏みしめ立ち上がる。全身を覆《おお》う灰色の鱗《うろこ》、退化した小さな翼《つばさ》には鋭《するど》く大きな鉤爪《かぎつめ》が伸びていた。

仲間に敵が近づいてきたことを知らせるよう、一際体躯《ひときわたいく》の大きな狂獣が咆哮《ほうこう》を上げる——

――――!!

――竜の巣《ドラゴンネスト》。

レナートス探索隊の行く手を阻《はば》むのは、狂獣と化した古竜種《こりゅうしゅ》。数十匹《ぴき》はいるであろうルトイッツ狂化竜獣《リントヴルム》だった。子竜から成体まで大小様々な竜がひしめくさまは圧巻であり、まさに地下迷宮下層の洗礼と言える光景。

「なあ、私先に帰っていいか?」

これは面倒《めんどう》くさいぞ、と今更《いまさら》思い知ったアデーレは大きくため息を吐く。あまり役に立てる気もしないが、一応鞭を握りしめた。

「リタさん、この数いけますか?」

「……たぶん全部は無理、かな」

レナートスに問われ、ブリュンヒルデを構え前に出るリタ。竜の一匹や二匹など楽に屠《ほふ》ってきたが、さすがに群れ単位を相手にするのは初めてのこと。

「逃げるよ!」

無数の竜に睨まれる威圧感《いあっかん》は凄《すさ》まじい。

竜と対峙《たいじ》するレナートス探索隊に、四方から無数の火球が襲い来る――。

上層から中層へ繋がる短縮路の前で、探索図を見つめるのはデニスを捜索する三人。ボニファーツは震える手で探索図を持ち、崖に垂れた太いロープの先を眺める。

未熟な探索者にとって、そこは死出の旅の入り口のようなもの。中層領域からは狂獣の数も格段に増えてくる。

「シ、シグさん、本当に行く気なのかい？」

「行くよ。もしも厳しかったら、ボニさんは地上で待っていてよ。……エマちゃんも、エーファさんも」

屈《かが》みこんでロープの強度を確かめていたシグは、振り向きもせずに答える。

お節介《せっかい》なソフィアはシグたちを遺跡に入れるだけでなく、中層領域まで最短でいけるルートも示してくれた。本来は未熟な探索者が無謀《むぼう》な挑戦《ちょうせん》をしないよう簡単には教えない道。

シグの問いかけに、エマは淡々《たんたん》と答える。

「いえ、私は行きます。デニスさんが助けようとしてくれたなら、私だって見捨てるわけには行きませんから」

エーファも勇気を振《ふ》り絞《しぼ》ったエマの肩《かた》を抱き、頷いた。

「私は何度か中層に降りたことがありますから、平気ですよ」

女の子二人の決意を聞いて、ボニファーツもバツが悪くなったのか、探索図を丸めて勇ましい声を上げる。

「ぼ、僕も行くよ！　デニス君が心配だからね！」

遺跡《いせき》の上層ですら苦戦するポンコツ探索隊《パーティー》に、シグも困ったような笑みを向けるしかなかった。

実践《じっせん》経験皆無《かいむ》のエマに、上層では怪我も少ないのでやることがないエーファ、脱《だつ》パン屋《や》したばかりの普通のおっさんボニファーツ。そして、腕はあっても怒《おこ》ってばかりいるデニス。

ひと月前にやっと見つけた仲間たちは驚《おどろ》くほど探索実績がなく、後に期待の魔術士《まじゅつし》として入ったエマも若すぎて経験値ゼロ。上層の弱い狂獣に苦戦する仲間たちにはシグも心配しっぱなしで、バレないようにいつも助力してきた。

「デニスさん、口は悪いですけど結構仲間想《おも》いなんですよ」

エーファが独り言のようにつぶやく。

シグは、デニス探索隊の仲間たちに感謝している。シグ個人は地下迷宮《めいきゅう》の奥底《おくそこ》に行ってみたかったのだが、下層に挑《いど》むような探索者が求める仲間は、実績と実力を兼《か》ね備《そな》えた熟練者だけ。実績無しの上で実力を隠《かく》すシグは、どこの組合や探索隊にも相手にしてもらえなかったのだ。

探索許可証を持たないシグは地下迷宮に挑めず、途方《とほう》に暮れていたところで声をかけてくれたのがデニスとエーファ。デニス探索隊は、シグにとって初めて己を必要としてくれた仲間だった。

蓋《ふた》を開けてみればポンコツの集まりであり、到底《とうてい》下層へと挑めるような仲間たちでもなかったが、シグは嬉《うれ》しかった。

「前に、デニスさんがひどく酔《よ》っ払《ぱら》ってたときに聞いたんですが、駆《か》け出しのころ自分のせいで仲間たちがたくさん死んでしまったって言ってました。事故に遭った仲間たちを助けられなかったって」

逸れたふりをして一人で下層へと行くこともできたかもしれない。しかし、小さな達成で喜び、些細《ささい》なことで怒《いか》り、持ち帰った成果があまりお金にならずに哀《かな》しみ、ヤケ酒を飲む仲間たちを裏切るようなことはできなかった。仲間と何かを成《な》し遂《と》げること、深層はゆっくり目指せばいいと、いつしかシグも楽しんでいた。

「だから皆に厳しくして、絶対誰も死なせない探索隊を作るのが夢なんですって」

「そう、なんですか」

エーファが語るデニスの事情に、エマが頷く。

熟練者のデニスなら、自身の腕で潜れる危険水準がわかっているとシグは踏んでいた。頑固《がんこ》で規則に厳しいなら、遭難した探索者は見捨てる暗黙の了解を守り、途中《とちゅう》で引き返してくるものだと。

「それなら絶対助けないとね。デニス君が死んじゃったら夢も叶《かな》えられない」

シグは改めてデニスを救出する決意を固めた。眼下に広がる中層領域を睨みつけながら――。

▼

夕方――窓の外は赤く染まり、陽も落ちかけていた頃《ころ》。宿の部屋でエルナがぐっすりと気持ちよく眠っていたところに、バンと扉《とびら》を開け放つけたたましい音が響く。

慌《あわ》てて飛び起きたエルナが扉の方に寝ぼけ眼《まなこ》を向けると、そこには今にもキレそうな顔をしたウィレムが立っていた。

「おい、定時連絡はどうした？」

エルナは窓の外を見て夕方だと気がつき、怒られそうなことよりも、そういえば鍵《かぎ》かけたのにどうして、とか曖昧なことを考えていた。

ズカズカと我《わ》が物顔《ものがお》で乙女《おとめ》の部屋に入ってくるウィレムは、ベッドの脇に木製の椅子《いす》を引きずり、ドカッと座《すわ》る。

腕を組んで眉間に皺を寄せるウィレムに言い訳は無用だと察し、エルナは観念して不敵な笑みを浮かべた。

「普通《ふつう》に寝過《ねす》ごしたっす」

「ぶっ殺すぞ」

口ではいうものの、ウィレムは相変わらずのエルナに、諦《あきら》めの混じるため息を吐いて本題に移る。

「……レナートスの狙いが少しわかってきた。お前が持ってきた闇市場《やみいちば》の遺物品目の中に、一つ気になる物があってな。特別なものではないらしいが、その遺物をレナートスらしき人物が手に入れていた」

「あ、良かったっすね。さすが先輩《せんぱい》っす、仕事が早いっす」

全く興味の無いエルナは、おざなりな言葉と共に顔の横で親指を立て、わざとらしくウインクを送りウィレムの成果を讃《たた》えた。

エルナの反応くらいわかっていたようにウィレムは鼻を鳴らす。

「適当にあしらっても良いが、この都市ごと無くなるかもしれないぞ？　当然、お前も巻き込《こ》まれて死ぬかもしれんな」

「……あっは、ご冗談《じょうだん》を！」

ルトイッツ遺跡都市が無くなる、という突飛《とっぴ》な言葉に、エルナは笑う。ルトイッツの歴史は浅いが大きな都市、さすがに無くなることなどあり得ないと。

「冗談ではない。レナートスの目的が魔王《まおう》なら、おそらく狙《ねら》いはルトイッツ地下迷宮そのものだ」

目の前の短足デブ先輩が冗談を言わないことなど、エルナは百も承知。しかし、ウィレムの言っていることの意味がさっぱりとわからず、唇《くちびる》を尖《とが》らせながら首をかしげるしかない。

「は～……そうなんすか」

尚もエルナは興味が無い態度をとるが、ウィレムは構わずに続ける。このままレナートスの思惑《おもわく》通りに事が進めば、ルトイッツで暮らす人々が殺戮《さつりく》の嵐《あらし》に巻き込まれる可能性があるからだ。

シュテノヴとザースデンは敵対関係にある国だが、遺跡都市として栄えるルトイッツには各国から多くの人が集まる。ウィレム個人としても黙って見過ごすことなどできはしない。

「まだ確証はないし具体的な方法もわからないが、レナートスは遺跡と魔王の力をぶつけるつもりかもしれん。シュテノヴ軍と魔王を衝突《しょうとつ》させたようにな」

レナートスの目的がよくわからないエルナは、口をへの字に曲げて腕を組む。なぜシュテノヴと魔王が争ったことに、レナートスが関係あるのかもわからなかった。シュテノヴ軍は総統であるブルーノと局長のディルクの命で動いたはず。

事情を知らないエルナにウィレムが簡単に説明する。

「シュテノヴは魔王に手を出したかったんじゃない、手を出すように追い込まれたんだ。ケーニッツに魔王がいたのは偶然《ぐうぜん》かもわからないが、シュテノヴが魔王を匿《かくま》っていると噂《うわさ》を流したのはレナートスだ」

「あ、そうだったんすか」

「レナートス自身はどこかの間諜《スパイ》という予想だがな」

エルナはうんうんと納得《なっとく》したように頷く。シュテノヴの軍事力を利用して魔王を倒《たお》す気だったのか――悪魔《あくま》の光を目撃《もくげき》した身としては、あわよくばシュテノヴの軍事力を削《そ》ぐ目的もあったのではと推測することもできた。しかし、そう考えれば疑問も出てくる。

「なんで噂を流すとか周りくどいことして魔王を追い詰《つ》めるんすかね。倒したいなら普通にシュテノヴに協力要請して、一気にガツンと攻《せ》めればいいだけじゃないっすか？」

「……さあな、ただ仮説は立てられる。黒幕にシュテノヴの国力を削ぐ目的もあったかもしれないが、それは副次的なものだ。本当の目的じゃない」

本当の目的――シュテノヴじゃないなら魔王のこと。エルナは下唇《したくちびる》を摘《つま》みながら考えるも、引退し平凡《へいぼん》な農夫を演じていた魔王を刺激《しげき》して得ることなど何もない、としか思えない。そのまま黙って放置しておくのが一番なのではないかと。

「あの状況下《じょうきょうか》、俺たちシュテノヴにとって最悪のケースは大部隊を編成してケーニッツに攻め入った挙句、悪魔の光を放たれ消滅《しょうめつ》させられることにあった。もしそうなっていたら、世界にどんな影響《えいきょう》を与《あた》えたかわかるか？」

大都市をも消滅させる悪魔の光。強国シュテノヴの主戦力が消し去られた場合をエルナは考える。魔王が復活したというのに仮初《かりそ》めの平和で凪《な》ぐ世界は、大混乱に陥《おちい》ったはず。下手をすれば、人と異邦人が争う開戦の狼煙《のろし》となる。

無茶な作戦を敷《し》きシュテノヴ全軍で魔王討伐に動けば甚大《じんだい》な被害が生じ、魔王の存在を隠し黙ったまま見過ごしても他国からの横槍《よこやり》が入ってくるか。いずれにせよディルクの作戦がなければ、人と異邦人による世界規模の混乱が起こっていた可能性があった。

「黒幕は魔王を倒すことが目的じゃない。危《あや》うい均衡《きんこう》の上に成り立つ世界に一石を投じ、魔王シグルズを表舞台《おもてぶたい》に引っ張り出そうとした可能性がある。本当の目的は何にせよ、シユテノヴは利用されたってことだ」

「なんでそんな誰も得しないことするんすかねえ」

「何かしらの得があるからやるんだろ？　大きな戦乱を望む奴なんかいくらでもいる」

話の筋が見えてきたエルナは訝しげな顔を作り天井《てんじょう》を見上げる。皆平和に生きようぜ、と考えながら。

「つまりは、このルトイッツで魔王との戦いを引き起こそうって話になるんすか？　いまいち遺跡とぶつけるって意味がわかんねえっすけど」

前置きはこれまで。ようやく本題に入る、と言ったようにウィレムは真剣《しんけん》な表情を作り、身を乗り出した。ここから先は未《いま》だ起こっていないことであり、ウィレムも予測の範囲《はんい》でしかない。

「おそらく、だがな。まずは遺跡自体が一体何の目的で作られたものか、お前は理解しているか？」

「何の目的って、大昔の人たちが神さま祀《まつ》ったりしてたんじゃないっすかね」

何度か遺跡に足を踏み入れたことのあるエルナだが、遺跡の存在についてはあまり疑問に思ったことはない。昔からそこにあったものであり、貴重な資源やお宝が出てくる場所、といった認識《にんしき》。

「少し当たりで、殆《ほとん》ど外れってところだな。神を祀ったのは、遺跡が出来てからずっと後の時代の話だろうよ」

遺跡の上層には、殆どの場合祭壇《さいだん》のような部屋が作られている。そこから隠れた通路を掘《ほ》り当てれば、ルトイッツ地下迷宮のように広大な領域が姿を現わす。

一般的《いっぱんてき》な見解では、古代のお宝が隠された、祭事を行う場所。

「だがな、そんな場所から訳の分からない技術で作られた遺物が出土する。奇怪《きかい》な植物に獣《けもの》もだ。数百年、いや数千年かもしれないが、閉ざされた空間で多種多様な生態系を作ることは可能なのか。そもそも、そんなに沢山《たくさん》の種類の獣たちがどこから遺跡に入ったって話にもなる。少なくとも遺跡が作られたのは人が出入りしていた時代だろ？」

「は〜、確かにそうっすね」

エルナも口を開けて頷いた。遺跡の奥深《おくふか》くにいる大型の獣は入り口から入るだけでも一苦労。魔素《まそ》の影響で進化したのかもしれないが、一種類ずつ番《つが》いで自然に入ったとも想像し難《にく》かった。

「それに、シュテノヴが研究した〝極光〟も元は遺跡の出土品。遺跡を作った時代の奴らは、なんらかの理由で魔素を遮断《しゃだん》する必要があった、ということだ」

極光は魔素を遮断し魔術の効果を分解して打ち消す。完全にではないものの、ほとんど魔素を通さない光の壁。元はどんな用途《ようと》で作られたのかは不明だが、シュテノヴの魔導《まどう》技術で再現され、革命的な代物《しろもの》となった。

「まあ、凄いっすよね、昔の人は今よりずっと魔導技術が進んでたってことはわかるっす。確か封輪なんかも遺跡の……」

そこまで言いかけて、エルナは目を開いて固まる。自身の言葉に大きな矛盾《むじゅん》があったのだ。その時代に必要のないはずの技術が。

エルナが気づいたと悟《さと》り、ウィレムも口角を上げる。

「二百年前に現れたはずの異邦人の力を封じる腕輪が、なぜ大昔にあるかってことだろ？深淵《しんえん》の力を身体に取り込ませないようにする技術が」

「……人と異邦人が、共存してたってことっすか？」

エルナの頭の中は混乱しかけていた。異邦人が大昔から存在していたならば、なぜいなくなったのか、なぜ二百年前になって突然《とつぜん》現れたのか。いくら考えても今持っている情報から推測することはできない。

「平和に共存していたかはわからない。だが、今は異邦人ではなく遺跡の話だ。それは何のために作られたものか、これはシュテノヴの研究者の見解だが」

多種多様な生態系、遺《のこ》された高等な魔導技術、何らかの目的を持って作られた痕跡《こんせき》、同じ時代を生きた人と異邦人。ウィレムの考察が正しければ、導き出される答えは、遺跡の役割の一つ。

「遺跡は種と文化や技術を保存する、巨大《きょだい》な方舟《ミイム》だ。そしてそれらは、条件を揃《そろ》えれば解放することができる。実際に似たようなことは、他の遺跡で起きているからな」

「解放？」

「ああ、そうだ。おそらく奴の狙いは地下迷宮の脅威《きょうい》、狂獣《きょうじゅう》の〝暴走《スタンピード》〟だ」

▼

目に見えて濃くなってきた魔素。竜の群れを振り切ったリタとアデーレ、レナートスは、口元を布で覆いながら暗い道を歩く。やけに平べったく固い床《ゆか》や壁。深層に近づけば土の地面や岩壁は無くなり、代わりに錆《さ》びた鉄の臭いがこもる。

明らかに自然にできたものではなく、意図的に人の手が加えられた連絡路。レナートスは持ってきた古い探索図を広げ、進むべき道を指し示す。

「なんか、地下迷宮って凄えところだな」

「アデーレさんは初めてですか？」

「……まあ、な」

周囲を伺《うかが》いながら、見たこともない材質でできた壁に触《ふ》れる。ひんやりとした温度に、長年放置されたせいかザラついた表面。アデーレが見ても、現在より遥《はる》かに高度な魔導技術で作られたものだとわかった。

「ある種の避難所《シェルター》と言えば良いんですかね」

「避難所？」

アデーレは訝しげな表情を浮《う》かべ、光石の灯りを持つレナートスの後ろをついて行った。

「アデーレさんは〝聖導教団〟に属する人だからご存知《ぞんじ》でしょう？　世界は一度滅《ほろ》びかけて、神が遣《つか》わした〝先導者〟たちによって救われたって」

「ご存知だと思うけど、私そんな神の教えに熱心じゃねえから」

聖導教団はアデーレなどの法術士が多く所属する宗教組織。基本的には、子供をたくさん産み育て、より良き世界を作りましょう、という教えになるので、これはきっと変態的教えだな、とアデーレや一部法術士は勝手に解釈《かいしゃく》している。しかし、その実伝承を語《かた》り継《つ》ぎ、神の帰りを待つ割と真面目な教団である。

「その滅びかける前の技術。遺跡はまだ僕たちの創造主がこの世界にいた頃に造られたものってことですよ。ルトイッツの遺跡が地下ではなく横に広がっているのは、居住用だった名残ですかね……まあ、神に見捨てられた人たちの最後の足掻《あが》きですが」

「は～ん、まあなんか凄えってのはわかるよ。こんな鉄の回廊《かいろう》見たこともねえもん」

「ご理解いただけて良かったです」

もうアデーレに説明するだけ無駄かな、と思うも、レナートスは淡々と続ける。

「彼《かれ》らは文化を継承《けいしょう》する幽霊《ゆうれい》、または妖精《ようせい》。〝ミィム〟と呼ばれる記録で、自分たちが生きた証を遺そうとしました」

「なんかそれ聞いたことあるな、色んなこと教えてくれる妖精の話だろ？」

アデーレは幼い頃に教会で聞いたお伽話《とぎばなし》を思い出した。

〝妖精《ミィム》に出会えたらとても幸運なこと、妖精は楽しいお話や色んなことを教えてくれる。しかし、神について尋ねてはいけない。悪魔の妄想《もうそう》に取り憑《つ》かれてしまうから〟

確かこんな感じの始まりだったと。

「ってことは、この遺跡を造った人たちが妖精になったってことなのか？」

「ミィム自体は文化的遺伝のことなので、彼らが妖精になった、という表現はおかしいのですが、この遺跡自体が先人の遺した巨大なミィムだと捉《とら》えてもらって構いませんよ」

「へえ、全然わからねえけど」

シュテノヴのとある研究者が唱えた妖精理論は、魔素が情報として保存できる、という画期的な技術の発見に繋がった。それは文字から魔術そのものまで様々な事柄《ことがら》を記憶《きおく》し引き出せる点から、妖精の名を冠《かん》している。

若くして革新的な理論を提唱した研究者は、妖精と出会ったのではないか、と噂されるほどだった。

「所詮《しょせん》は、〝神になり損《そこ》ねた人々〟が造った物ですがね」

楽しそうに笑うレナートスの言葉に、アデーレは難しい顔を作って腕《うで》を組む。人が一度滅びかけた以前の話は、聖導教団の伝承にもないこと。意味ありげに語るレナートスが一体何を知っているのか、と不審《ふしん》に感じていた。

「……まあ、そいつらはよほど根暗な奴だったんだな。こんな地中に住むなんて」

「あ、それは簡単なことです」

つい口をでたアデーレの疑問を聞き、レナートスが爽《さわ》やかな顔に嫌らしい笑みを浮かべて答える。

「滅びの道を享受《きょうじゅ》した彼らは地中深くに逃《に》げ込んだのですよ。少しでも延命しようと」

「逃げた？　何から？」

そもそも、高度な魔導技術を持った人々がなぜ滅んだのか、何から逃げる必要があったのか。

「当時は神の元素《アイテール》なんて呼ばれまして、画期的なエネルギーとしても実用されていたのですが、制御《せいぎょ》できなくなった途端《とたん》〝悪魔の元素〟と呼ばれるようになりました。アデーレさんもよく知っているものですよ？」

悪魔の元素――口元の布を摘んでヒラヒラとさせるレナートスのおかげか、アデーレもなんとなく察しがついてくる。自分たちの生活にはとても身近で、遺跡にもしこたま溜《た》まっているもの。それは濃くなればやがて瘴気《しょうき》と呼ばれ、侵された物を摂取《せっしゅ》し過ぎれば人体に害を為《な》す。

「……魔素？」

アデーレは顎《あご》に手を当て暗い天井を見上げた。

異邦人《いほうじん》は基本的に魔素耐性《たいせい》が強い者が多く、人の場合は個人によって差がある。魔素耐性が異常に高い人もいれば、遺伝疾患《しっかん》か全く魔素に耐性が無い不憫《ふびん》な子供が生まれてくることもあった。その場合は地上の薄《うす》い魔素にすら耐《た》えられず、産声《うぶごえ》を上げた途端に弱っていき、死に向かうこととなる。

「ねえ二人とも！　なんだか怪《あや》しい扉があるよ！」

先を歩いていたリタが、前方を指さし後ろを振り返った。

目的の場所についたのか、三人は紋様《もんよう》の描《えが》かれた壁の前で立ち止まる。手前には台座と曇《くも》った水晶《すいしょう》が飾《かざ》り付けられた古びた魔導機器。

「どうやら、地下迷宮宝物庫の一つのようですね」

レナートスは、迷うことなく光る水晶に触れた。

「――――」

リタとアデーレは、聞いたこともない言語をつぶやくレナートスの背中を見つめる。二人の不思議そうな様子に気が付いたレナートスは、相変わらずのほほ笑みを浮かべた。

「地下迷宮の合言葉みたいなものですよ。さあ、扉が開きますよ」

言うと同時、金属が軋《きし》むようなけたたましい音が鳴り、大きな壁が左右に開いていく。

アデーレは両耳を押さえながら眉間に皺《しわ》を寄せる。

興味津々《きょうみしんしん》のリタが開いてく隙間《すきま》を覗《のぞ》き込むと、見えたのはアーチを描く石柱が何本も建った領域。宝物庫、というよりは何かの貯蔵庫のような部屋だった。

「こんな領域があったんだ」

明らかに人為的《じんいてき》な造りの部屋にリタは罠《わな》を警戒《けいかい》するが、レナートスが何も気にしない様子で無遠慮《ぶえんりょ》に足を踏《ふ》み入れた。

「では早速《さっそく》宝探しと行きましょうか。といっても、この部屋はあまり良い遺物が残っていなそうです」

広い貯蔵庫と言った様子の部屋には、いくつもの棚《たな》が並べられているが、そこかしこに中身が散乱した箱が転がっている。まるで、誰《だれ》かがすでに盗掘《とうくつ》したような形跡《けいせき》があった。

「なんかずいぶんと荒《あ》らされてるみたいだけど、どこを探せばいいんだ？」

「ちょっと待ってくださいね。調べますので」

後ろに続くアデーレが尋《たず》ねると、レナートスは領域に入ってすぐのところにあった台座に手を触れる。

チカチカとしながら浮かび上がる緑色の光が、空中にこの領域の図面を描き出した。

「なにこれ、妖精の記憶《ミイムメモリ》みたい」

リタはエルナが前に持っていた記録端末《たんまつ》を思い出す。なぜシュテノヴの最新魔導具が遺跡にあるのか。操作するレナートスの手元を覗き込む。

「似たようなものです、ずいぶんと古いものですが……あ！　ありましたよ、封輪《ふうりん》の保管されている棚」

「本当!?」

「まじかよ！　すげえなレナートス！」

「ええ、この領域の左奥《ひだりおく》、右から二番目の棚の箱の中です。先ほどの扉と同じ紋様が描かれた腕輪《うでわ》を探してください」

「やったなリタ！　行こうぜ！」

「うん！」

遺物の封輪の在処《ありか》を指し示すレナートス。目的のお宝を見つけた嬉しさに、リタとアデーレは意気揚々《いきようよう》と走っていった。


レナートスは二人の楽しげな背中を見送ると、無表情で台座に向き直り、先ほど扉を開いた言語で喋《しゃべ》りかけた。

『解放《リリース》コード入力画面を開け』

『解放《リリース》コード入力の権限は、この端末にありません』

返ってきた平淡《へいたん》な音声に、ため息を吐《は》く。

「なるほど、深層の端末までいかないとダメですか……やはり強制的に解放するしかありませんね。上手《うま》く行くといいのですが」

懐《ふところ》から禍々《まがまが》しい形をした笛を取り出すレナートス。その笛は〝魔笛《まてき》〟と呼ばれる遺物だった。一般的には、狂獣をただ興奮させる笛、という認識であり、あまり使い道のない遺物だが、音階を正しく奏《かな》でれば狂獣を操《あやつ》ることができる。

『各領域の端末間通信《たんまつかん》を開始。この端末の権限で繫げる分で構わない』

『端末間通信を開始します』

地下迷宮で暮らした人々にとっての魔素に狂《くる》った獣避《けものよ》けであり、音色の届く範囲で簡単な命令を下すことができる。例えば、上を目指せ、など。

「それでは、檻《おり》に捕《と》らわれた獣たちのため、一曲演奏させていただきます」

レナートスは、ふっと息を吸い、大仰《おおぎょう》な仕草で笛の歌口に唇を当てた。

第四章 魔術士少女は竜に挑む

淡《あわ》く光る葉が覆う領域《エリア》。ルトイッツ地下迷宮に限らず、遺跡では光葉樹《こうようじゅ》と呼ばれる木々の生い茂《しげ》る森が点在していた。ただの植物であり葉が落ちれば光を失うので価値もないが、光葉樹は獣の骸《むくろ》や糞尿《ふんにょう》を肥料にした土で育つため、探索者たちにとっては狂獣の多い中層領域に入った目安となる。

「葉っぱが光るなんて不思議ですね」

シグたち一行は怪しい光を放つ葉を見上げながら森の中を歩く。エマは初めて見る光る葉っぱに興味津々といった様子で、背を目《め》一杯《いっぱい》に伸《の》ばし木の枝を杖《つえ》で突《つ》いた。

「時期的にはもう少し先だけど、秋の終わりくらいには光る葉が一斉《いっせい》に散っていくところも見られるのよ」

「は～、これが一斉に……きっと素敵《すてき》な光景ですね」

エーファの補足で、感心したように頷くエマ。秋の終わり頃だと学校があるので見ることはできないが、大人になったらまた来ようと心に決める。

穏《おだ》やかな女の子二人の様子とは裏腹に、ボニファーツは震《ふる》えながら棍棒《こんぼう》を握《にぎ》りしめて周囲に目を凝《こ》らす。どこから狂獣が襲《おそ》いかかってくるのかと気が気でない様子。

「ボニさん、そんなに警戒しなくても大丈夫《だいじょうぶ》だよ」

肩が凝りそうなほど身を強張らせるボニファーツに、シグは困った笑顔《えがお》で話しかける。

震える四十越《ご》えのおじさんは見ていて可哀想《かわいそう》になってしまう。

「こ、ここは安全かな？」

「うん、前方の暗がりに一匹と、右手の奥《おく》の方に二匹。前の方はこちらに気がついてるけど、様子見てるだけだね」

「全然安全じゃない！」

さらっと狂獣がいることを告げたシグに焦《あせ》り、ボニファーツは叫《さけ》びながら前方に向けて棍棒を構える。

急に叫んで身構えるものだから、

「あ……」

前方で様子を見ていた狂獣も驚いて襲いかかってきた。バタバタと走ってくるのは、太い脚で大地を駆ける鳥。長い首と巨大な嘴《くちばし》から恐鳥《きょうちょう》の類だと窺える。あまり知能はないのか、何処《どこ》を見ているかもわからない大きな目。

「うひぃ――――！」

翼は小さいが身体は大きく迫力《はくりょく》もあるため、ボニファーツは悲鳴をあげて萎縮《いしゅく》する。

後衛のエマとエーファも狂獣に気がつき、各々《おのおの》樫《かし》の杖と鉄製の鈍器《どんき》を構えるが、シグは右手で制した。

「大丈夫、俺《おれ》に任せて」

未熟な仲間を連れて中層へと挑むにあたり、もう実力を隠すつもりなどない。震えるボニファーツの横をするりと抜《ぬ》け、大地を蹴《け》り踏み込むと迫《せま》り来る恐鳥に真《ま》っ直《す》ぐ飛びかかった――――！　一瞬《いっしゅん》で距離《きょり》を詰め接触《せっしょく》。

恐鳥は大きく頭を振って嘴で強襲《きょうしゅう》しようとするも、時《とき》すでに遅《おそ》し。駆け抜けたシグに首と胴体《どうたい》はねじ切られ、脚をバタつかせた大きな身体は力を失ったように倒れ込んで勢いのまま光葉樹の幹へと激突《げきとつ》する。

「ね？　こいつらはそんなに強くない」

光る葉が舞《ま》い落ちる中、両手に恐鳥の頭を抱《かか》えたシグは仲間に振り返り口角を上げてニッと爽やかな笑《え》み。心の中では（決まった……）と真の力を発揮した自分の格好良さに惚《ほ》れ惚れしていた。

「……ぅわ」

「シグ、さん……」

当然、仲間たちはドン引き。まだ口をパクつかせる恐鳥の頭に、シグの手から滴《したた》る生き血。ボニファーツはシグのグロテスクな殺し方に目を覆い、エーファが一歩後退《あとずさ》り。エマも眉間《みけん》に皺《しわ》を寄せて無残に殺された可哀想な恐鳥を見つめた。

シグが隠していた実力より、隠していた残虐性《ざんぎやくせい》に驚きを隠せない。光葉樹の怪しい光の下で、鳥の生首を持ちニヤリと笑う血塗《ちまみ》れのシグに、普通に恐怖《きようふ》した。

「シグさん。あの……首をもぐのはちょっと」

「え？　あ、ごめん」

圧倒的《あつとうてき》歳下の少女エマに窘《たしな》められ、シグは恐鳥の大きな頭を地面にゆっくりと置く。（一体、俺は何を間違《まちが》ったんだ？）と冷《ひ》や汗《あせ》をかきながら、予想と全く違《ちが》う仲間の反応に戸惑《とまど》い、血塗れの手で頭をかいた。

▼

天井の光石が星々のように瞬き、地面には水の上にハーフルの葉が群生する湿地帯《しつちたい》の安全地帯《セーフエリア》——革のパンツに血の滲《にじ》む右脚《みぎあし》を布で縛《しば》り上げながら、デニスは額に汗をたらしていた。

シグとエマが落ちていった場所の検討はついている、すぐに行けば間に合うかもしれない、とシグたちの生存を信じて助けに行く道中、大型の狂《クレイジーベア》った赤毛熊に襲われ大きな傷を負ってしまい、命からがら這《は》ってきたのだ。

本来、赤毛熊は下層に生息しているはずの狂獣であり、滅多《めった》に遭遇《そうぐう》することはないのだが、時折下層で強い獣が出た場合は中層に逃げてくることもあった。おそらくは、少し下の方でルトイッツ狂化竜《リントヴルム》獣の群れでも暴れているのか――しかし、今それを考えたところでどうしようもない。骨ごと噛《か》み砕《くだ》かれた右大腿部は動かないし、一矢《いっし》報《むく》いて赤毛熊の頭部に突き立てた剣《けん》も逃げられ失ってしまった。油断していたつもりはなかったが、久しぶりの中層領域を相手に、鈍《にぶ》りきった自身の腕の責任。

デニスはその場から這うように移動し、なんとかハーフルの葉の群生領域《エリア》に辿《たど》り着く。知性の乏《とぼ》しい狂獣は魔素を中和するハーフルの葉を酷《ひど》く嫌《きら》うため、この領域には殆ど入って来ない。それでも血の匂《にお》いを嗅《か》ぎつけた狂獣がいつ襲ってくるとも限らず、湿地《しっち》から伸びる葉の陰《かげ》に身を隠しながら壁《かべ》に背を預け、幸運な出来事を待つしかなかった。

痛む右脚に遠のきそうな意識。あれほど規則《ルール》を遵守《じゅんしゅ》しろと言ってきた自分が身勝手な行動を取り、こんな無様な目に遭《あ》ったとなっては自嘲《じちょう》するしかない。

シグとエマが穴に落ちてしまったのも、探索隊《たんさくたい》のリーダーである自分の所為だと悔《く》いていた。もっと注意すべきだった、上層だから死ぬような危険はないと心のどこかで油断していたのだ。

かつての仲間たちを失ってから、強い探索隊を作ろう、もう誰も死なせたくない——そんな決意を胸に抱《だ》いていたはずなのに、あっさりと打ち砕かれる厳しい現実。

挙句の果てには暗黙《あんもく》の了解《りょうかい》を破った自身が助けを求める事態。一応、救難信号の共鳴石《きょうめいせき》を鳴らし、近場にいる探索者の誰《だれ》か干渉石《かんしょうせき》が震えて助けてくれることを期待しているが、その確率は限りなく低い。情けない気持ちが大きく、涙《なみだ》も出そうになった。

「シグ、エマ……ごめんな」

滲む視界で朦朧《もうろう》とする中、最期に死なせてしまったかもしれない仲間に謝罪の言葉を口にする。随行者《サポーター》を守れないのは探索者の責任《リーダー》、一人の勝手な行動で死んでしまうのも自己責任。

自分も、もう助からないだろう——そう諦めていたとき。

「——おーい！　誰かいんのか？」

甲高《かんだか》い女性の声が聞こえてくる。

「……っ、ああ、いる！　助けてくれ！」

痛みを堪《た》えながら、必死に叫ぶデニス。その助けを求める声を聞き、女性が小走りに駆け寄ってきた。

「うわ！　その足どうしたんだよ、大丈夫か？」

長い髪《かみ》をかき上げデニスの顔を覗き込むのは、切れ長の美しい目。探索者に似つかわしくない、煽情的《せんじようてき》な法衣《ほうえ》を纏《まと》った女性だった。

「今治療《ちりよう》してやるから、ちょっと待ってろよ」

「すまない……狂獣にやられてこの様だ」

法術士たちは探索活動を舐《な》めているのか、と思うほどの軽装に言いたいことはあるが、今は地獄《じごく》に女神《めがみ》が現れたかのよう。法術士の女性に感謝しかなかった。

固まりかけた血を洗い流した後に消毒し、手慣れた様子で添え木《そぎ》と包帯を巻く法術士の背後から、声がかけられる。

「アデーレ、何やってるの？」

「リタ、要救助者発見だ。手伝ってくれ」

周囲を警戒しながらゆっくりと歩いてきたリタは、アデーレと治療されているデニスを交互《こうご》に眺《なが》めた。

▼

順調に遺跡《いせき》の奥深くへと進み、ぐちゃっと巨大な芋虫《いもむし》をぶっ潰《つぶ》して黄色い返り血を浴びたシグ。道中、地面や壁にへばり付いた大量のスライムを踏み潰したり、頭に剣の刺《さ》さった赤毛熊の頭蓋《ずがい》を片手で握り潰したり。ここまでくるとボニファーツも恐怖に麻痺《まひ》してきたのか、強そうな狂獣をいとも簡単に蹴散《けち》らすシグの強さに興奮を覚え始める。

「や、シグさんてば、こんなに凄《すご》かったんだね！」

「まあ、これくらいは」

頭をかいて照れるシグが、もしかしたら異邦人かと疑うも、触れることはなかった。封輪をしていない異邦人は、大体訳ありだと理解している。

それよりも今は、遺跡の中層を探索しているというのに、圧倒的《あっとうてき》な強さの仲間がいることで気が大きくなっていた。

「はっはあ、そんな強いのに僕たちに隠《かく》してるなんて人が悪いなもう！」

「このまま下層にも行けてしまいそうですね」

頼《たよ》りになるシグにエーファとボニファーツが感嘆《かんたん》する中、昨日シグの力の片鱗《へんりん》を見ていたエマだけは冷静だった。

当のシグ本人は、仲間から褒《ほ》められご満悦《まんえつ》。誰かの為《ため》に役立つことの快感を思い出しながら、早くデニスを助けに行かねば、とハーフルの葉の群生地を目指す。

ソフィアより示された三つのポイントの一つ。最初の目的地まであと少し、このまま順調にたどり着けるかと思われたが――遺跡という場所はそこまで甘《あま》くなかった。

「――っ！」

前方、大きな連絡路《れんらくろ》の向こうから強い気配が迫り来る。怒《いか》りに我を忘れた気配から、シグにも狂獣ということまでわかった。しかし、どうにも数が多すぎる。

「止まって」

シグは仲間たちを背に警戒し、暗がりの中に目を凝らした。

――――!!

「ぅひっ！　な、何の声!?」

「大型の狂獣、ですかね……」

徐々《じょじょ》に迫り来る巨大な足音と咆哮《ほうこう》。ボニファーツは身を強張《こわば》らせてシグの後ろに隠れ、エーファは眉根《まゆね》を寄せた。

昨日聞いたことのある気がする咆哮、エマにも緊張《きんちょう》が走る。

「この鳴き声……ルトイッツ狂化竜獣ですか？」

響《ひび》き渡《わた》る地鳴りと空気を震わす咆哮から、ルトイッツ狂化竜獣の姿が脳裏《のうり》を過った。しかし、ここはまだ中層上部を少し潜《もぐ》ったところ。昨日も遭遇しているが、どう考えても強力な竜種《りゅうしゅ》が頻繁《ひんぱん》に現れる地点ではない。

「何かに追われているのか」

身構える四人が闇《やみ》の向こうを覗いていると――。

「シグさん、前！」

大小様々なルトイッツ狂化竜獣が五匹、闇の中から出ずる。怒りで我を忘れているのか目は正気を失い、口から涎《よだれ》を撒《ま》き散らしながら猪突猛進《ちょとつもうしん》に迫ってきた。

頭を振《ふ》り乱して襲いくるルトイッツ狂化竜獣。シグたち四人を障害物とみなしたのか、一匹が口を大きく開き巨大な火球を放つ――！

「っ！」

迫り来る赤い業火《ごうか》に、シグは左手を翳《かざ》して黒き深淵の炎《ほのお》を発現させる。急なことに、出し惜《お》しみなど考えている余裕《よゆう》もなかった。

背後には守るべき三人の仲間。赤と黒の炎が混じり合い爆《は》ぜると、シグは躊躇《ためら》うことなく踏み込み、爆炎《ばくえん》の中に跳躍《ちょうやく》した。

炎を突き抜ければ、眼前に速度を緩《ゆる》めることなく突進《とっしん》してきたルトイッツ狂化竜獣の群れ。一番手前の大きな竜《りゅう》が飛んでくるシグを鋭《するど》い瞳《ひとみ》で捉え、噛み砕こうと口を大きく開けている。

シグは空中で身を捩《ねじ》るとそのまま右の拳《こぶし》を振りかぶり、竜の長い下顎《したあご》を殴《なぐ》りつけた――速度に乗った巨躯《きょく》と化け物じみた力がぶつかれば、衝撃《しょうげき》が円となり空気を伝う。

一撃《いちげき》で顎を粉砕《ふんさい》された竜は、そのままの速度でよろけながら後ろに続く竜ともつれるように倒れこむ。

残りは三匹――着地と同時、真横を走り抜けようとした一匹の横腹を蹴り飛ばし壁に叩《たた》きつける。しかしシグの身体は一つ、突進してきた竜の群れを一度に止められるものではない。

酷く興奮して正気を失っているのか、脇目《わきめ》も振らない二匹のルトイッツ狂化竜獣を後方に取り逃がしてしまう。

「――!」

煙《けむり》の向こうから姿を現わす二匹の竜を目撃し身を固める三人。ボニファーツは頭の中が真っ白になるだけ。咄嗟《とっさ》に取れた行動は、エーファとエマに覆《おお》いかぶさり身を伏《ふ》せること。

腰《こし》が抜けそうな恐怖の中、なぜそんな行動が取れたのかはわからない。デニスから前衛の戦士は後衛の二人を守るものだと口を酸《す》っぱくして教えられてきた。

ただ、前に出なければ何も守れはしない。

一匹は三人に目もくれず走り去るも、低い姿勢を取っていたもう一匹の小型のルトイッツ狂化竜獣は顎を開き、ボニファーツを背中から強襲する。横から抜けたエマが鋭い竜の牙《きば》を見据《みす》えながら、手を目一杯に伸ばし長い樫の木の杖を構えた――。

柔《やわ》らかい贅肉《ぜいにく》から血飛沫《ちしぶき》は散らず、代わりに黒いローブを纏った小柄《こがら》な身体が宙を舞う。

荒《あら》ぶる竜の突出《とっしゅつ》した口に杖が挟《はさ》まり、握り締《し》めていたエマが勢い良く持ち上げられたのだ。

「エマちゃん！」

悲鳴をあげたのはエーファ。樫の杖をつっかえ棒に竜の顎が閉じられることはなかったが、杖を咥《くわ》えたまま勢いよく頭を上げエマは振り回される。

身体がふわりと浮く感覚、エマの目の前にはおどろおどろしい半開きになった竜の口腔《こうこう》。振り落とされまいと必死な顔で杖にしがみつく。

このまま竜に放り投げられ天井に叩きつけられるか、杖が折れて身体を噛み砕かれるか、火を吹《ふ》かれて焼かれるか。最悪の瞬間《しゅんかん》が脳裏を過った。

しかし、そのどれもが起こらず。竜は杖を咥えたまま走り続ける。

連れ去られるエマを、ボニファーツとエーファは何も出来ず見送ってしまう。身を翻《ひるがえ》したシグが追おうとするも、壁に蹴り飛ばした一匹ともつれ倒《たお》れこんでいた二匹目が体勢を立て直し容赦《ようしゃ》なく襲いかかる。

悠長《ゆうちょう》に構っている時間はない。今にも火を吹きそうな壁際の竜に、左手を振り大きな黒炎で焼き尽《つ》くし、噛み付いてくるもう一匹の顎の上下を右手と片足で止めると、そのまま下顎を地面に叩きつけ踏み潰した。

瞬《また》く間《ま》の出来事だが、その隙《すき》にエマを咥えたまま闇の向こうへと走り去るルトイッツ狂化竜獣。全力で走れば間に合うか、しかし、まだ安全を確保していないこの場にボニファーツとエーファを置いていても行けない。交錯《こうさく》する思考の中で、エマを助け出す妙案《みようあん》が思《おも》い浮かばなかった。

焦りの中でルトイッツ狂化竜獣の背中に向け両手を構えるも——かぶりを振る。多少力を抑えたところで、深淵の力を使えばエマを巻き込《こ》んでしまう。

シグの力は、何かを守ろうとするには大きすぎた。

▼

庇《かば》ってくれるボニファーツを助けようとして、身を出してしまったエマ。これではどっちが守られる側かもわからないし、魔術士《まじゅつし》なのに焦ると前に出てしまうのは悪い癖《くせ》。遺跡の中層という危険地帯で、シグに甘え頼りきっていた自分を恥《は》じていた。

ルトイッツ狂化竜獣に振り回されながら、ミシミシと杖が軋む音を聞く。竜が走りながらも、縦に咥えた杖を噛み砕こうとしていることがわかった。

杖の強度がどれだけ保つかもわからない。鋭い牙で当たって傷つき、細い腕や脚《あし》から血を流しても堪えてしがみつく。この勢いで投げ出されたら致命傷《ちめいしょう》、杖が折れてしまっても眼前の牙は容赦なくエマの肢体《したい》を噛み砕くもの。僅《わず》かに繋《つな》がれただけのちっぽけな命。一瞬の判断の誤りで死に至る。

だが、エマの頭の中は意外にも冷静だった。

（大丈夫、まだ私は生きている）

昨日潜った死線から恐怖心が麻痺していたのか、簡単に竜を屠《ほふ》る炎槍ソフィアを目撃《もくげき》したからか、恐《おそ》ろしい竜が倒せない存在ではない、と認識していた。同級生に認められるために竜を倒す、という強い決意もあったのかもしれない。

溜めていた詠唱《えいしょう》を終えて目を見開く。

「炸裂《バースト》！」

エマが叫ぶと同時、ルトイッツ狂化竜獣の目の上に赤く幾何学的《きかがくてき》な魔法陣《まほうじん》が発現。小さな爆発《ばくはつ》を起こす初歩的な形成級《イェツィラ》下位の炎属性魔術。当然威力《いりょく》は低いが、高速詠唱を用いやすく、短い分多重法陣が溜めやすい。

赤い光とともに爆炎が巻き起こり、目を焼かれた竜が悶《もだ》えるように首を振った。

エマはタイミングを計ったかのように杖から手を離《はな》すと、宙に身を投げ出す。同時に折れた樫の木の杖にひやりとしながら、落ちていく方向に意識を集中し黄緑色の魔法陣を展開した。

風の架け橋《シルフィズクッション》――エマは縦横無尽《じゅうおうむじん》に宙を舞える訳ではないが、落ちていく方向がわかれば緩衝材《かんしょうざい》がわりには使うことができる。

地面に叩きつけられる直前、風で作られた柔らかい足場をお尻《しり》でポンと踏み、勢いを殺す。よろけながらもなんとか着地することができた。

一先《ひとま》ず命の危機は回避《かいひ》できたものの、眼を傷つけられて怒《おこ》ったのか、竜は身を翻して獲物《エマ》を探している。エマは見つかる前に、次の魔法陣を展開した。

「霧の爆弾《ミストボム》！」

竜の眼前に現れた水色に光る幾何学《きかがく》模様が収束、ぶわりと水蒸気が散布される。広い領域《エリア》内ではすぐに晴れてしまうが、竜が驚《おどろ》いている間、岩陰《いわかげ》に隠れる時間くらいは稼《かせ》ぐことができた。

しかし、最大の好機にエマは逃げない。水蒸気に巻かれてもがく竜を翡翠《ひすい》色の瞳でじっ

なびかせる。


と見据え、両手を前に出し詠唱を始めた。

――足元から巻き起こる魔力《まりょく》の奔流《ほんりゅう》。白い光が渦《うず》を巻き、黒いローブと栗色の癖っ毛を
エマは逃げるために遺跡に来たのではなく、誰かに認めてもらうために遺跡へと挑戦《ちょうせん》しに来た。微《かす》かに震える手足は、恐ろしい敵から逃げ出したい衝動《しょうどう》からくるもの。だが、それ以上に竜《ドラゴン》を倒したい、という想《おも》いが強い。

苛烈《かれつ》な炎の中で戦う赤髪の探索者の姿が、エマに鮮烈《せんれつ》な印象を植え付けていた。

「――我、光の精霊《せいれい》ルクスの力を顕現《けんげん》する」

自身が持つ最高の技をもって、竜に挑《いど》む魔術士の少女。チャームポイントのとんがり帽《ぼう》子《し》は、もうどこかに飛ばされて無くなっていた。

ルトイッツ狂化竜獣の頭上にいくつもの白い光の魔法陣が発現し、広がる幾何学模様が竜を中心に円蓋《えんがい》を形作る。

「光の雨《ルクシズレイン》！」

エマが手を振り降ろすと同時に放たれる光の束。

一筋の光を皮切りに、幾重《いくえ》にも重なり竜を襲う。雨のように降り注ぐ白い光は、休むことなく竜の巨躯を穿《うが》ち続けた。

形成級複合魔術、光の雨。何発も続く轟音《ごうおん》に立ち昇《のぼ》る土煙《つちけむり》、光が放たれるたび白い円蓋が虫食いのように消えていく。

――。

全てを出し切る大型魔術に、息を切らせながら膝《ひざ》を折り両手を地面につけるエマ。これでダメなら自身の今の力量で敵《かな》うことはない。

――最後の一発が放たれると、円蓋を作っていた白い魔法陣は消え去った。

激しい光が収まり静まり返った領域内。竜の息があるのかどうか、エマは今そんなことよりも、

(新学期までに……新しい杖買わなきゃ。あれ高かったのに)

自分の懐具合《ふところぐあい》が心配で仕方なかった。

竜に一発かましてやることができたエマは、満足げな笑みを浮かべながら仰向《あおむ》けになって寝転《ねころ》がる。薄暗《うすぐら》い遺跡内《いせきない》の天井《てんじょう》、星のように瞬く光石がとても綺麗《きれい》だった。

――土煙の向こう、身体中《からだじゅう》を穴だらけにされたルトイッツ狂化竜獣は、最後の力を振り絞《しぼ》ってエマに頭を向けた。口の隙間から吹き出る炎。

エマもまだ竜が生きていることに気がつき、次の行動を予測することもできたが、動ける気力はない。

(向こうを殺す気でやったのだから、殺されても文句は言えない)

ちっぽけな自分が竜を相手に戦えたことを誇《ほこ》りに、ルトイッツ狂化竜獣の口から、今にも放たれようとしている炎を見つめた。

「土槍《ノームランス》」

かろうじて手を前に出し、囁《ささや》くように紡《つむ》いだ魔術は、ルトイッツ狂化竜獣の顎の真下に茶色の幾何学模様を発現させる。竜の首目掛《めが》けて放たれたのは、比《ひ》較的《かくてき》簡単な形成級魔術。ごつごつとした土の槍が柔らかい喉元《のどもと》を突き破《やぶ》り、ルトイッツ狂化竜獣の頭がビクリと揺《ゆ》れた。

エマは昨日から何度も想像《イメージ》した魔術を、ルトイッツ狂化竜獣の喉元に叩きこんだ。それは大型の派手な魔術ではなく、最大の急所に、最高の好機で放たれたもの。

しかし——ルトイッツ狂化竜獣が力尽《ちからつ》きる寸前、口から放たれる炎の塊《かたまり》。

エマは、ちっぽけな自分が竜を相手に戦えたことを誇りに、迫りくる真っ赤な炎を見つめた。

「——っ!」

瞬間、ローブごと引っ張られる身体。一気に担《かつ》ぎ上げられたエマは火の手が回る前に着《ちゃく》弾点《だんてん》から逃《のが》れ、眼前で炎が爆ぜる光景を目撃する。

エマを片手で担いでいたのは、動きやすそうな旅の装《よそお》いに、茶色の外套《がいとう》を羽織る金髪碧《きんぱつへき》眼《がん》の女性。

「間一髪《かんいっぱつ》ってやつだね」

女性は、口角を上げて笑う。間近で目の合ったエマが胸に抱いたものは、助けてもらったお礼の気持ちではなく、綺麗な人だな、という感想だった。

ズン、と鈍い音を立てて倒れこむルトイッツ狂化竜獣。すんでのところで命を助けられたが、エマは傷だらけになりながらも単独で竜種を倒すことに成功する。しかし、その心に去来したのは達成感ではない。緊張感から解き放たれ、（疲《つか》れた……）という疲労感だけだった。

魔術士少女は竜を屠る。きっかけは誰かに認めて欲《ほ》しかったから、箔《はく》を付けて同級生たちを見返してやりたかったから。もしかしたら無謀《むぼう》に挑戦する自分に酔《よ》っていただけかもしれない。ただ、達成した今となっては全てどうでもよく、よくわからない満足感に満たされる心。

「ちょっと待っててね、もう一匹いるからさ」

「あ……はい」

担いでいたエマを優《やさ》しく降ろし、腰に下げていた白銀の剣を優雅《ゆうが》に抜く金髪《きんぱつ》の女性。いまだ現実感の無い夢の中にいるような感覚のエマは、女性の背中を眺めて呆《ほう》けるだけだった。

岩の向こうから一匹、ルトイッツ狂化竜獣が姿を現す。エマが倒した個体とは段違《だんちが》いに大きな体躯《たいく》。同胞《どうほう》が殺されて気が立っているのか、今にも火を吹きそうなほど興奮していた。

「どうどう。ほら、逃げないから落ち着いて」

金髪の女性は、まるで馬を相手にしているかのような口調で、ゆっくりと無防備に近づいていく。

挑発《ちょうはつ》されたと受け取ったのか、恐ろしい竜が大きな顎を開き、火炎《かえん》を吐き出す――！

暗い領域内を赤く染め上げる炎。大きな紅蓮《ぐれん》の塊が金髪の女性を飲《の》み込んだ。

直後――真っ赤な炎は四方へ霧散《むさん》する。周囲へ広がる熱気の余波に、顔を腕《うで》で覆うエマ。

一体何が、と考える間も無く目にしたのは、まだ消え切らない炎を裂《さ》いて走り抜ける白い光。凄《すさ》まじい速さで標的との距離を詰《つ》める。

突撃《とつげき》してくる白い光に、大きな口を開けて待ち構えるルトイッツ狂化竜獣。狙《ねら》いを定めて長い首を伸ばし、凶悪《きょうあく》な顎《あぎと》で噛み砕く――が、鋭い牙は空を切る。

直前に地を蹴り上げていた白い光が向かう先は、いつの間にか宙に展開していた風の架け橋《シルフィズクッション》の魔法陣。反転しながら重力と逆さに脚を合わせ、

「蓄積展開《ちくせき》」

ルトイッツ狂化竜獣との間に二つの魔法陣、加速投射《アクセラレータ》を重ねて展開する。

「星を駆ける《ステラドライブ》」

見上げるエマの目に映ったのは、白い光の闘気を纏い、真下の竜に白銀の剣の切っ先を向ける金髪の女性。息をするのも忘れ、一瞬、時が止まった、と思うほど、神々《こうごう》しい姿だった。

伸びきった首、頭蓋骨《ずがいこつ》と頸《くび》の間に狙いを定め、金髪の女性が風の架け橋《シルフィズクッション》を渾身《こんしん》の力で蹴り上げる。

白き閃光《せんこう》が魔法陣を駆け抜けた直後――！　地響《じひび》きと衝撃。白銀の剣が竜の頸椎《けいつい》を潰し、大地を抉《えぐ》り土を捲《ま》き上げた。

放たれた技は竜を一撃で屠る威力。エマは恐ろしい竜があっという間に討伐《とうばつ》される光景に、呆然《ぼうぜん》とすることしかできなかった。

砂煙《すなけむり》の向こう、立ち上がる白く美麗《びれい》な光。白銀の剣を煌かせ、ゆっくりと鞘《さや》へ納める金髪の戦乙女《おとめ》――エマはハッと息を呑《の》む。憧憬《しょうけい》に似た想いを抱きながら。

「――ねえ、そんなところに隠れてないでさ」

口元に微笑《びしょう》を携《たずさ》え、エマのほうに振り返った金髪の女性。しかしその目は笑っておらず、先ほどエマを助けたときの輝《かがや》きが失われている。

「出てきなよ、シグっさん」

エマは自分に声をかけられたわけじゃないと気が付き、後ろを振り返る。すると、岩陰から両手を上げたシグが顔を出した。その表情は、焦燥《しょうそう》、気まずさ、恐怖が入り混じっている。

「や、やあ！　こんなところで会うなんて奇遇《きぐう》だね。別に隠れてたわけじゃないよ！　ただちょっと出るタイミング見失っちゃった感じ！　はっは！」

先程《さきほど》、竜に連れ去られたエマを助けるため急いでこの領域までたどり着き、エマの窮地《きゅうち》を救おうとした瞬間、突如《とつじょ》現れたリタに先を越《こ》され、慌《あわ》てて岩陰に隠れたシグ。なぜこんなところにリタがいるのか、と頭の中は混乱していた。

「久しぶりね、シグっさん」

鋭く棘《とげ》のある声音《こわね》を聴《き》き、シグは蛇《へび》に睨《にら》まれた蛙《かえる》のように動けなくなった。まるで小動物のように小刻みに震えている。あの時の、三ヶ月前の悪夢が再び目の前に現れたのだ。

「シ、シグさん？」

状況《じょうきょう》が理解できず困惑《こんわく》するエマが、様子のおかしいシグに声をかける。助けてくれたのはシグの知り合いのようだが、明らかに二人の間の空気が緊張していた。

「へえ、今はシグさんって呼ばれてるんだ。……まあ、細かい挨拶《あいさつ》は抜きにしてさ——」

シグは、遺跡内、いや、世界中でもっとも遭遇してはならない天敵に出会ってしまった。

それは茶色い外套を羽織り、短い金髪を揺らす青い瞳の娘《むすめ》。

「両手を地面につけて、お尻をこっちに向けなさい」

——リタ・ヴァイカート。

シグは、冷たい微笑を浮《う》かべながら、白銀の剣を向けて歩いてくるリタに問いかける。

「リタちゃんは、それをどこに刺す気ですか？」

土下座、弁明——シグの頭の中に浮かぶ二つの選択肢《せんたくし》。誤れば尻の危機に直結する選択《せんたく》は、迷宮《めいきゅう》から生還《せいかん》する道を選ぶことより遥《はる》かに難しい。

（土下座をして後ろに回り込まれたら……ここは弁明か。いや、リタちゃんに下手な言い訳は通用しない）

額に噴き出す汗。素直《すなお》に尻を差し出せば、間違いなく再起不能になる。しかし、逃《に》げ出そうにもシグに向けられたリタの圧力が場を支配する。

異邦人《バーレルセル》としての本性《ほんしょう》を現せば逃走《とうそう》の隙を作ることができるかもしれないが、リタとの間には何も知らないエマ。雁字《がんじ》搦《がら》めのシグは、まさに万事休《ばんじきゅう》すといった状態だった。

そしてリタは、さらに絶望的な言葉をシグに突きつける。

「もちろん、その後は千切るから」

ヒュン——とシグの下腹部を襲う寒気。

「え、両方なの？　しかも千切るの？」

冷酷《れいこく》無慈悲《むじひ》なリタが本当に勇者だったのかと疑問に思うが、今のシグにそんなことを気にしている余裕はない。もとより、許される、という選択肢がなかったのだ。

自身の大切な穴と棒を守るため、シグは決意する——。

「ごめん、勝手にいなくなって」

俯《うつむ》いたまま、謝罪の言葉を口にした。悪いのは自分だと理解している。全ての元凶《げんきょう》であることも。

「なんで、村から出て行ったの？」

シグの目の前に立ったリタは、不機嫌《ふきげん》さの詰まった無愛想な声で尋《たず》ねた。

ケーニッツ村を出た理由──誤魔化《ごまか》しのきかない空気に、シグも素直に答えるしかない。

「……あのまま俺がケーニッツに残ったら、また迷惑《めいわく》が掛《か》かるからだよ。たぶんだけど、俺が諦《あきら》めるまで何度でもやってくる。あの男はそういう奴《やつ》だった」

黒装束《くろしょうぞく》の男、ディルクは目的の為なら手段を選ばない。少なくとも、シグにはその印象を強く植え付けていた。

平気で人質《ひとじち》を取り、容赦なく村を破壊する爆弾を射出。大を守るためには、冷徹《れいてつ》に小を切り捨てる男。あの状況下でのハッタリか真実かなど関係なく、許可さえ下りれば村を消すことなど無情に実行される。

三ヶ月前、たまたま村を守りきれたことは良かったが、ディルクにとって予想された結末の一つに過ぎないと、シグは理解していた。村の破壊《はかい》が主な目的ならもっと早く爆弾を放てば良いだけ。異邦《いほう》の王であるシグをわざわざ待ち、任務のためなら自分たちの命すら顧《かえり》みない意思をも感じさせたのだ。

強い無言の警告を受けたシグが、ケーニッツに残るという選択などとれるはずがなかった。

「リタちゃんだって、わかるでしょ？」

シグの問いに、リタは眉根を寄せる。顔を上げないシグが情けない表情をしているのは、実際に見なくとも想像できた。

「何度来ても、敵が諦めるまで守りきればいいじゃない。村のみんなにだってその覚悟《かくご》はあったよ」

シグは静かに口角を上げる。その甘い考えに、まだ守れなかったときの後悔《こうかい》を知らないリタに、手に届かないものはないと、思い込んでいたかつての自分を重ねてしまう。

リタもいつかは通る道。それは違う、と否定することは簡単だった。

ただ、〝守りきる〟という強い決意は、リタの立場からは貫《つらぬ》かなければならない意思であるのも確か。時が来れば、答えを出すのもリタ自身。そもそも、魔王《まおう》とまで呼ばれた男が教えられることではない。

「君は勇者だけど、俺は違う」

戦わずに守るという選択。みんなの中に入れることはないが、みんなが幸せならばそれでいい。

「何かを守れる存在じゃないんだ……世界一の嫌われ者だから」

だから魔王が去れば済む。身に余る力の塊は、何かを守るには大きすぎる。大きすぎて、壊《こわ》してしまう。一緒《いっしょ》にいれば、隣《となり》にいる人もいつか気がつくこと。異邦の王が、災厄《さいやく》とまで呼ばれる意味に。

強大な存在の情けない姿に、リタは鼻を小さく鳴らす。シグの言っていることはなんとなく理解できた。魔王だからこそ人と相容《あいい》れない、強すぎる力は平和の中で生きることを許されない。

実際に悪魔《あくま》の光を目撃し、勇者として許容できるのか――あの時のディルクの問いかけは、リタの中で未《いま》だに答えが出ていない。

「だからって、黙《だま》っていなくなることはないでしょ」

棘の抜けた声で、リタがポツリと呟《つぶや》く。目の前の男がどれほど危険な存在か、だが、どれほど平穏《へいおん》な生活を望む奴なのか。曲がりなりにも関わってしまったリタは知っている。

困惑と戸惑い、微かな不安、心配、よくわからないモヤモヤとした何か――複雑に入り混じる曖昧《あいまい》な感情が、リタの胸の中には溢《あふ》れていた。

「ごめん……」

シグが再度口にする謝罪の言葉。とても小さな声だったが、これまでリタに向けた中で、一番心のこもった謝罪だった。

少しだけ頬《ほお》を染めたリタは、拗《す》ねたように唇《くちびる》を尖《とが》らせる。

「……もういいよ、別に」

――二人を交互に見つめ佇《たたず》むエマに、会話の意味を知る由はない。それでも、きっと大事な話をしているのだろう、と察しながら、俯くシグと白銀の剣を握《にぎ》り直すリタを静かに見守っていた。

「はい、じゃあお尻こっちに向けて」

さらりと放たれた聞き捨てならないリタの発言に、シグは顔をバッとあげる。(今の許してくれる流れじゃなかったの?)、と頭の中は疑問で一杯《いっぱい》。しっかりと現状を把握《はあく》するため、ここはきちんと確認《かくにん》しておかなければならない。

「あれ? 今、もういいって」

「だから、村を出てったことはもういいよ」

「じ、じゃあ、なんで刺すの?」

「一回は一回でしょ? あと千切るから」

それはそれ、これはこれ、と言わんばかり。シグには、一回なのに刺したあと千切りを加える意味がさっぱりとわからない。そもそも、発端《ほったん》となった出来事の真実が、未だ深淵《しんえん》の底に眠《ねむ》っている。

「わ、私だって恥ずかしいんだから、早くしてよね！」

頬を朱《しゅ》に染めながら声を荒らげるリタ。乙女の恥じらいが溢れる表情は、純白の敷布《しきふ》の上で横になる生娘《きむすめ》のよう。状況が違《ちが》えば、羞恥心《しゅうちしん》を帯びた台詞《せりふ》にシグの男心もくすぐられたかもしれない。

しかし、今のリタが胸の内に秘《ひ》めるのは色情でなく、白銀の剣をシグの深淵に突《つ》き立てんとする狂気《きょうき》。男心など奮い立つはずもなく、下半身の局部は縮み上がる。

「恥ずかしいんだったらやめよう！　ね！」

「やめない」

「なんで！」

白銀の剣を振り上げ威嚇《いかく》するリタと、両手を前に出して焦《あせ》る情けないシグ。二人のやんやする姿にエマが残念な気持ちを抱いていたとき、

「――エマちゃん！　シグさん！」

慌てた様子で走ってくるボニファーツ。

「良かった、無事だったんだね！　っと、こちらの美人さんは？」

「っ……」

突然《とつぜん》の第三者の登場、リタはしぶしぶといった様子で愛剣《あいけん》ブリュンヒルデを鞘に納める。

「あ、紹介《しょうかい》しなきゃだね！　こちらはリタちゃん。ついこの間まで、魔王を倒すための旅をしていたすごい子なんだよ！　今はその旅を終えて、普通《ふつう》の女の子になったんだ」

シグはこれを好機と取り、リタを手の平で指し示す。自分を倒す旅、と言ってしまうと変な気持ちになるが、もうその旅は終わったことを殊更《ことさら》に強調する。

「え、あ、普通の女の子なんだ……初めまして、こんにちは、ボニファーツです」

ボニファーツは一瞬《いっしゅん》、普通の女の子ってなんだ、と考えるが、よくわからなかったので普通に挨拶をした。どこかで見た覚えのある顔だが、よく思い出せていない。

シグとのやり取りに水を差されたリタは、不機嫌そうに会釈《えしゃく》を返す。

端《はし》で聞いていたエマは、魔王を倒す旅をしていたリタ、という言葉に、目を丸くしていた。

一年半前、十六歳《さい》で勇名を馳《は》せた〝スラウゼンの剣〟、リタ・ヴァイカートの噂《うわさ》は、学内でもかなり話題になった。竜を屠る女の子が現れたからこそ、エマも竜に挑めとふっかけられた。

女の〝勇者ごっこ〟と揶揄《やゆ》されながらも、世間の評価を圧倒的な力でねじ伏せた女の子。立場は違うが、学内で認めてもらいたいエマにとって憧《あこが》れの逸話《いつわ》であり、いつか自分もスラウゼンの剣のようになりたい、と思いながらルトイッツにやってきたのだ。

冷静な表情と裏腹に、エマの内心は小躍《こおど》りしそうなほど喜んでいた。

「あ、そうだ！　エマちゃんに伝えなきゃいけないことがあるんだ！」

ボニファーツは先ほど走ってきた時よりさらに慌てた様子で、矢継《やつ》ぎ早《ばや》に喋《しゃべ》る。

「デニス君が見つかった！　それも、女王様《クィーン》が保護してくれてたんだよ！」

「何ですか、女王様って？」

意味の分からないことを言うボニファーツに、エマは訝《いぶか》しげな表情を作る。リタだけが、何かを思い出したように「あっ」と口を開けていた。

▼

薄暗い連絡路の片隅《かたすみ》では、エーファがデニスの右脚《みぎあし》に片手を優しく置いていた。その隣には煽情的《せんじょうてき》な服を着る切れ長の目をしたもう一人の法術士。

「痛みますか？」

「……かなりな」

言葉では痛いというものの、顔はやせ我慢《がまん》をして口角を上げるデニス。どうやってここまで仲間たちが辿《たど》り着いたのか疑問も残るが、シグとエマの生存を知り、心の中は安堵《あんど》していた。

太い眉《まゆ》を八の字に寄せたエーファは頷《うなず》いてから目を瞑《つぶ》り、神への祈《いの》りを捧《ささ》げながら意識を集中した。患部《かんぶ》に乗せられた右手がぼんやりと光ると、デニスの右脚の痛みが徐々に緩《かん》和《わ》されていく。

エーファが施《ほどこ》していたのは〝鎮痛《イーズ》〟と呼ばれる法術。直接傷を治すものではないが、特定の部位をしばらく麻痺させ、痛覚を遮断《しゃだん》することができる。

「赤毛熊に噛《か》み付かれてこの様だ」

「……骨まで折れてますね、地上に戻《もど》ってもしばらくは安静が必要です」

「そうか」

法術は人が持つ癒《いや》しの力。肉体の内なる根源《マナ》を操《あやつ》り神から賜《たまわ》った奇跡《きせき》を顕現する術だが、それほど便利なものでもない。エーファのような一般的《いっぱんてき》な法術士ではせいぜい表面のちょっとした傷を治し、簡単な解毒や多少の止血ができる程度のもの。

折れた骨を修復し瀕死《ひんし》の人を回復できるのは、聖人や聖女と呼ばれるような〝本物の奇跡〟を起こせる者だけだった。魔素《まそ》を利用した力ではないため、魔術とは全く異なる力だと云《い》われている。

連絡路の闇の向こうから駆けてくる複数人の足音。

「――デニスさん！」

デニスの周りに集まる探索隊《たんさくたい》の面々。シグとボニファーツにエマは、エーファの治療を心配そうに見守った。三人の後ろには、顎に手をあて考えこむリタ。

「デニス君、無事で良かったよ」

「お前たち、勝手な行動をとってすまない……助かったよ」

隊長の生存をしっかりと確認し、ボニファーツが安堵の言葉を漏《も》らす。隣のエマとシグもうんうんと頷く。これから負傷したデニスを担いで遺跡《いせき》から脱出《だっしゅつ》、という困難が待ち受けているが、デニスが生きていたことで探索隊の胸の中には温かい気持ちが溢れていた。

「良かったなデニス、仲間たちが助けに来てくれて」

「ああ。助けに来たつもりが、この様で情けない話だがな。アデーレとリタには命を助けられた。いつか礼をさせてくれ」

「あっは！　人助けはするもんだなリタ。お礼くれるってよ。ま、私たちも迷ってたところを道案内してもらってんだがな」

切れ長の目の法術士、アデーレは口角を上げて笑《え》みを浮かべる。

「命に比べれば、道案内など安いものだ。俺《おれ》にできる限りの範囲《はんい》になるが、礼はさせてくれ」

「律儀《りちぎ》な奴だな」

二人のやり取りを聞いていたリタが、すっと手を上げた。

「お礼くれるなら、シグのこと貰《もら》って良い？」

聞き捨てならないリタの発言に、シグが真顔で振り向いた。

「ん？　ああ、いや、シグはうちの探索隊のメンバーだが、俺のものってわけではないからな。それは本人に聞いてみないと」

デニスは、シグが欲しい、と言い出したリタに困惑しながら、シグに視線を送る。

「この人、私のことを捨てて逃げた人なの」

「何だって？」

「え、シグさん？　どういうこと？」

デニスの眉間《みけん》に皺《しわ》が寄り、ボニファーツも困惑した。アデーレとエーファ、そしてエマも驚いた表情で振《ふ》り返る。全員の視線を集めたシグの頭の中は、（ちょっとこの娘急に何言ってんの？）と焦りでいっぱい。

「ね、ねえリタちゃん、その言い方じゃみんな誤解しちゃうからさ」

シグは緊張《きんちょう》からか、熱湯を飲んだように熱くなった喉《のど》から、声を絞り出す。

「は、何が誤解なの？　そのままの事実じゃない」

「……や」

リタの一蹴《いっしゅう》に、消え入りそうなシグの返事。皆《みな》が二人の間に男女のもつれがあったと誤解した時、アデーレが二人の間に割って入る。

「な、なあリタ！　ちょっといいか、今はそれどころじゃないだろ？」

シグを見つめるリタは、鼻を鳴らして殊更不機嫌《ことさらふきげん》そうな顔を作る。

「そうね、地上に急がなきゃ」

リタが言った瞬間、遠く上層から地響きのような唸《うな》り声が聞こえてくる。これまで何度か聞こえてきていた、不可解な地鳴りだった。

リタとアデーレから事情を聞いていたデニスが、真剣《しんけん》な面持《おもも》ちで仲間達に語りかける。

「皆、落ち着いて聞いてくれ。今このルトイッツ地下迷宮、いや、ルトイッツの街全体が危険な状況にある」

「何か、あったんですか？」

エーファは治療を続けながら、訝しげな表情でデニスに尋ねた。

「ああ。お前たちも先ほどルトイッツ狂化竜獣《リンドヴルム》に遭遇《そうぐう》したからわかるだろうが、現在下層の狂獣《きょうじゅう》が上の層に向かってきている。狂獣が数匹《すうひき》程度なら偶然《ぐうぜん》の範疇《はんちゅう》で収まるだろうが、その数が異常だ。俺自身も昨日、下層領域を縄張りとする赤毛熊に襲《おそ》われている」

エマとシグは、昨日の出来事を思い出していた。狂った赤毛熊《クレイジーベア》、地を這う紫蜥蜴《ヴェノムリザード》、ルトイッツ狂化竜獣、中層領域にはほとんどいないはずの下層の狂獣に出くわしていたのだ。特に紫蜥蜴は群れ単位で目撃している。

「これが意味するところは、狂獣が遺跡から一斉《いっせい》に這い出てくる、暴走《スタンピード》の兆候だ。何度か起こっている地鳴りもな」

アデーレがばつが悪そうな顔を作り、腕を組んだ。

「まあ、私たちの仲間にレナートスってのがいるんだがよ、そいつが何をとち狂ったんだか、遺跡の狂獣を暴走させやがった。んで、私たちのことを裏切って下層に置いてったんだわ」

裏切られたとはいえ、かつての仲間が起こしたこと。リタとアデーレは強く責任を感じていた。

「一応リタが持ってきた干渉石《かんしょうせき》で、地上の協力者には状況が伝わってるらしいんだけど、私たちじゃいつ、どのぐらいの規模で、どんな被害《ひがい》が出るかわかんねえ。だから少しでも多く狂獣を狩《か》りながら、遺跡を彷徨《さまよ》ってたわけだ。その途中《とちゅう》でデニスを見つけて、竜《りゅう》を追っかけてたらあんたらがいたって感じだな」

リタが持っている干渉石は、諜報員《ちょうほういん》ウィレムから預かった特別なもの。シュテノヴ魔導《まどう》技術が開発した軍事研究用で、広範囲《こうはんい》に魔素の振動《しんどう》を届け、また広範囲の振動を受け取ることができる。魔素が濃《こ》い遺跡の中では特に干渉しやすく、デニスが救難信号として使っていた共鳴石《きょうめいせき》に強く反応したため、中層のデニスがいた領域までたどり着くことができた。

「まあとりあえずよ、レナートスと一緒に下層まで行っちまった私たちにも責任がある。だから急いで地上に戻って、ことを収めないとな」

「レナートスという人は、何でそんなことをしでかしたんですか？」

状況の説明を黙って聞いていたエマが、アデーレに尋ねる。純粋《じゅんすい》な疑問だった。一体何の得があって、狂獣の暴走なんて引き起こすのか。

「さあな、〝より良き世界のために〟って言ってたぜ。よくわかんねえけど」

エマの質問に、アデーレが肩《かた》を竦《すく》めながら答える。

無言で立ち上がったシグは、リタの耳元に近寄り、皆に聞こえないよう小さな声で語りかけた。

「その人、俺のこと狙ってた？」

リタはシグの問いに答えず、真剣な表情で、ただ黙ってまっ直《す》ぐに前を向く。シグにとっては、それが答えだった。

夕日の差し込《こ》む宿屋の部屋で、突拍子《とっぴょうし》も無い話を聞かされたエルナは難しい表情を作って腕を組む。ウィレムの話が本当なら自分の手に負えそうな案件ではないし、頭のおかしなことを企《たくら》むレナートスに関わりたくもない。そして何よりも面倒《めんどう》くさい。

（……仕方ない、ルトイッツから脱出するか）

そっちの方が楽かと考え、なんとかウィレムから逃げる策略を頭の中で巡《めぐ》らせていると──部屋の扉《とびら》が無遠慮《ぶえんりょ》に開く。

「ただいま～」

シグを探すため、早朝からルトイッツの街中を捜索《そうさく》していたリタが帰ってきた。どんなところまで行ったのか、外套は泥《どろ》と土埃《つちぼこり》に塗《まみ》れている。

「地下の水路とかいろいろ探したけどシグっさん見つからなかったよ。明日はエルナちゃんも手伝って……あれ、お客さん？」

エルナは（しめた！）とリタに助けを乞《こ》うことを思いつく。リタならウィレムをぶっ殺し、強制労働させられる自分を解放できるはず。

「リタっち！　助──」

助けて——と叫《さけ》ぼうとした時、ウィレムが懐《ふところ》に手を突っ込みながら、リタに見えないよう愛銃《フューリー》の銃口《じゅうこう》を向けていることに気がついた。ウィレムにはエルナの思惑《おもわく》など全てバレている。

エルナはニッコリと笑みを作り直し、言葉を取り繕《つくろ》う。

「——助けてほしいことがあるんすよ」

「どうしたの？　あ、確かこっちの人ってエルナちゃんの先輩《せんぱい》だよね。なんか久しぶり」

以前ぶっ飛ばした気まずさを微塵《みじん》も感じさせないリタの挨拶。ブリュンヒルデを壁《かべ》に立てかけ、茶色い外套に付いた土埃を手で払《はら》う。

リタに隠《かく》れてエルナを制したウィレムは、特に挨拶をするでもなく淡々《たんたん》と話し始めた。

「スラウゼンの剣にシュテノヴ軍部として要請《ようせい》したいことがある」

「あ……私もう勇者とか辞《や》めたからさ、別の人に頼《たの》んでもらえる？」

だが、要件も聞かずあっさりと断りを入れるリタ。以前は各国家や軍部の依頼《いらい》案件など快く引き受けていたリタだが、スラウゼンの剣は一度死んだ身。今はリタ・ヴァイカートとして、普通の女の子として友達と旅をしているだけ。

さらに言えば、魔王の引退も知らせてくれない国家や軍部を信頼《しんらい》できず、今更《いまさら》何かを頼まれても——。

「そうか、残念だ……こちらにはルトイッツに潜伏《せんぷく》している魔王の目撃《もくげき》情報を教える用意が――」

「やる、聞かせて」

依頼の報酬《ほうしゅう》を言い切られるまでもなく、瞳《ひとみ》の輝きを失ったリタがウィレムにゆっくりと詰め寄る。

ウィレムは突然豹変《とつぜんひょうへん》したリタに驚《おどろ》きつつも、探索者として仲間と共に遺跡に潜《もぐ》っている魔王シグルズについて、かいつまんで説明した。

「――やっぱり地下迷宮の中にいるんだ。シグっさん楽しそうだった？」

「ん？　まあ楽しそうかと聞かれたら、仲間に女性もいたし楽しそうだったとは思うが」

「あら、そう……」

目が笑わず、口元だけ微笑を浮かべるリタに、ウィレムは視線を逸《そ》らした。何か余計なことを言ってしまった気がしたが、被害を受けるのは魔王だろうと思い見て見ぬふりをする。

「俺が頼みたいのは簡単なことだ。地下迷宮に異変が起きたら、この干渉石で知らせてくれ。特に狂獣の動向に注意してほしい」

ウィレムは懐から干渉石を取り出し、リタに手渡《てわた》す。レナートスの件も話すべきか迷ったが、かつての仲間を調査している、と伝えるのはリスクが大きい。

「異変っていっても、私普段《ふだん》がどういうのかあまり詳《くわ》しくないんだけど」

「スラウゼンの剣が異変と感じたことを伝えてくれさえすればいい。深く考えなくても大《だい》丈夫《じょうぶ》だ、保険みたいなものだからな」

「ん～……わかった、できる範囲で協力するよ」

不思議そうに干渉石を眺《なが》めるリタは、ウィレムの依頼があまり腑《ふ》に落ちていない様子だったが、しぶしぶ承諾《しょうだく》する。

「ああ、それでいい。こちらとしても助かる」

保険、とウィレムは言ったが、どこか確信めいたものを感じていた。


――この翌日、リタは地下迷宮に潜るもシグを発見することはなく、レナートスとアデーレに再会。そしてレナートスが狂獣を暴走させ、地下迷宮で数日間遭難《そうなん》することになる。

その間上層でシグが楽しそうに壁を掘《ほ》り、穴に落ちていたことなど知る由もなく暴れる狂獣を狩り続け、竜を追いかけまわしていたところで、遂《つい》にシグを発見した。

第五章 探索者たちは街を守る

時は夕方に差しかかろうとしていた頃《ころ》。遺跡管理局が管理するルトイッツ地下迷宮の入り口、仄暗《ほのぐら》い闇《やみ》から一匹の黒い犬が駆けてくる。遺跡上層を縄張りとする黒犬だ。ものすごく臭《くさ》いが、探索者にとって特別な脅威《きょうい》ではない。

管理局受付の男は、地下迷宮の入り口からまっすぐ街に向かう黒犬に少し驚きはしたものの、すぐ事務作業に戻った。

時折、上層の狂獣が街に出てしまうことがあるのだ。しかし、すぐに駆除《くじょ》されるため、大きな問題にはならない。ここは探索者の街ルトイッツ、腕に覚えのある者たちばかりが住んでいる。管理局の受付も、黒犬一匹が出たくらいで騒《さわ》いでいたら探索者たちに舐《な》められてしまう。

受付の男は努めて冷静に、書類を整理していた。しかし、ちょっと、いや、かなり聞こえてくる地鳴りが気にはなる。そう思っていた、次の瞬間《しゅんかん》――。

激しい地響きと共に、遺跡の入り口から魑魅魍魎《ちみもうりょう》のように溢れ出る様々な獣《けもの》たち。我先に街に出ようと押《お》し合い、競《きそ》う様に駆けていく。そして、それはいつまでも止まることがない。

受付の男は茫然《ぼうぜん》とその光景を見ながら、暴走《スタンピード》だ、と思うことしかできなかった。

▼

「団長《マスター》から伝言！　予想より早く狂獣の暴走が始まった！　大通りは団長たちが受け持つから、私たちの隊は宿泊《しゆくはく》区画の方に移動するよ！　まずは住民の避難誘導《ひなんゆうどう》、余裕《よゆう》があれば他の組合《ギルド》と協力して散らばった狂獣の駆除。封鎖《ふうさ》されてる遺跡の入り口からも狂獣が出てくるだろうから気を付けろって――」

ソフィアは炎槍《えんそう》で移動先を示し、仲間に団長からの指示を伝える。

昨日のソフィアたちの報告から、狂獣の暴走が近い、と予見していた真夜中の梟《ふくろう》の団員たちは、街中にちらばり防衛線を張っていた。関係の良好な組合にも情報を共有し、協力を要請している。予想よりかなり早いとはいえ、すでに狂獣を迎《むか》え撃《う》つ準備は整っていた。

彼《かれ》らがこれほどまでに迅速《じんそく》な行動がとれたのは、数日前に匿名《とくめい》の依頼者《いらいしゃ》から真夜中の梟へ、遺跡の狂獣の様子を調査してほしいとの依頼が届いたからだ。依頼を任されたソフィアの部隊は、中層領域に本来いないはずの狂獣を多数発見。暴走《スタンピード》の兆候ありとの調査結果を持ち帰還《きかん》した。真夜中の梟から各探索者組合へ、厳戒《げんかい》態勢の通達を送ることになる。

真正面から走ってくる黒犬――すれ違い様に槍《やり》で叩《たた》きつぶし、ソフィアは街を駆ける。時間と規模が予測不能だったため、住民たちの避難《ひなん》も始まっていない。今、ソフィアが胸の内に抱《かか》えているのは、焦り、苛立《いらだ》ち、そして後悔。

（もし、シグさんとエマちゃんたちに何かあったら僕のせいだ）

狂獣の暴走を予見しながら、シグたちを地下迷宮に入れてしまった。暴走が起こるのはまだ先だ、もしかしたら小さな規模かもしれない、異邦人のシグさんなら大丈夫、これで彼らの力になれるなら、デニスさんが助かる確率が上がるなら――たくさんの言い訳で、良い恰好《かっこう》をしたくて、最も危険な場所に彼らを送《おく》り込んでしまった。結果をみれば、狂獣の暴走は予想をはるかに上回る規模。

ソフィアには街を守る任務があるため、助けに行くこともできない。ただ無事を願うしかなかった。

▼

「や、これは絶景ですね。素晴《すば》らしい」

ルトイッツの街で一番背の高い建物は、聖導教団支部のルトイッツ聖堂。その屋上からは、遺跡と近代建築がひしめく街の素晴らしい景色を一望することができる。しかし、今の街はそこかしこから火の手と煙《けむり》が立ち上り、耳を澄《す》ませば、獣の咆哮《ほうこう》、勇猛《ゆうもう》な怒声《どせい》、阿《あ》鼻叫喚《びきょうかん》が織りなす狂騒曲《きょうそうきょく》が聴こえてくる。

レナートス・ツァンパッハを名乗る者は、一仕事終えた後のように大きく伸《の》びをし、微笑を浮かべた。

「さて、獣たちの要望《リクエスト》に応え、もう一曲演奏しましょうか」

そう独り言をつぶやくと、レナートスは腰《こし》にかけていた禍々《まがまが》しい形をした笛を手に取り、歌口に唇を当てる。まずは優《やさ》しく息を吹《ふ》き、音孔《おとあな》を押さえる指先が滑《なめ》らかに動く――律動に合わせて肩を揺《ゆ》らし、次第《しだい》に演奏の激しさを増すように、情熱的な旋律《せんりつ》を奏《かな》でた。

しかし、実際に聴こえてくるのは、さらに激しさを増す狂獣たちの叫びだけ。レナートスが操る〝魔笛《まてき》〟から、人の耳に認識《にんしき》できる音は出ない。魔素を伝い、獣たちに演奏を届けている。

遺跡の一部が崩落《ほうらく》し、煙が上がる。現れたのは、ルトイッツ狂化竜獣の群れ。強獣《グート》である地上の竜種《りゅうしゅ》と違い、ルトイッツ狂化竜獣の恐《おそ》ろしさは、群れ単位で行動することにある。

逸れたルトイッツ狂化竜獣の単体なら討伐《とうばつ》できる強者は多いが、数十匹の群れを相手にすることはできない。そして、その群れの最大の脅威は、煙の向こうからその相貌《そうぼう》を覗《のぞ》かせる巨大《きょだい》な竜、群れを統率《とうそつ》する狂化竜獣の女王にあった。

魔笛を吹くレナートスが、その光景に満足そうな笑みを浮かべ、終演に入ろうとしたとき――。

「なあ、その不快な演奏を止めてくれないか？　頭が割れそうなんだ」

不躾《ぶしつけ》な男の声が、演奏に水を差す。レナートスは微笑《びしょう》を携《たずさ》えたまま演奏を止め、振り返った。

「……こんにちは、ウィレムさん」

「久しぶりだな、レナートス・ツァンパッハ。あの時の借りを返しに来たぞ」

半身を怪物《かいぶつ》と化したシュテノヴ諜報員ウィレム・レーベが、幾何学的《きかがくてき》な模様の入る右目をギラつかせ、鉤爪《かぎつめ》の付いた黒く大きな手をレナートスに向ける。

「やっぱり、邪魔《じゃま》したのあなたですよね。なんだか上手《うま》くいってませんもの」

魔笛を腰に差し直すレナートスは、大きなため息を吐《は》きながら、右手でルトイッツの街を指し示す。

「異常に早く敷《し》かれた組合《ギルド》の防衛線、狂獣の動きも誘導《ゆうどう》されてるように一直線でわかりやすい。僕《ぼく》が想像してたより全然被害が出てませんよ、これ。一体何をしてくれたのですか？　困ります」

困る、と言う割に、困った顔をしていないレナートスに、ウィレムは不機嫌そうに鼻を鳴らした。

「白々しいな」

ウィレムは、エルナが闇市《やみいち》から手に入れた遺跡の遺物品目リストから、特殊《とくしゅ》な音域で狂獣を暴れさせる楽器がレナートスの手に渡《わた》ったことを突き止《と》め、いくつかの組合《ギルド》に狂獣の調査の依頼を匿名で出し、警戒《けいかい》を促《うなが》した。

自らも遺跡に入り、相当量の干渉石がばらまかれ、魔笛の音色が地上から地下まで満遍《まんべん》なく届くよう配置されていることを発見する。

エルナから、リタたちとレナートスが遺跡に入った報告を聞いたウィレムは、遺跡の上層で待機していた。リタからの断片的《だんぺんてき》な伝信で、レナートスが行動を起こしたと確信し、真夜中の梟に狂獣の調査を急ぐよう説得。探索者ソフィアの調査結果を待って、街全体のギルドに警戒態勢を取らせることに成功する。

その日の夜から翌日にかけ、封鎖された遺跡の入り口をいくつか破壊して回り、街を守りやすいように狂獣の這い出る動線を作っていたところ、エルナからレナートス発見の報告を受けた。

「本当に、あなたたちシュテノヴは余計なことしかしませんね」

レナートスは、あまり興味もなさそうに肩をすくめる。

狂獣の暴走を画策し、大規模な騒動《そうどう》で魔王の力を引きずり出そうと試みるも、ルトイッツにリタが現れてしまった。今回ちょっとやめようかな、と思いつつ、リタを遺跡の下層に置いていくことに成功し作戦を続行。しかし、ウィレムのせいで予想の半分も狂獣の被害が出ていないため、いまは正直ちょっと不機嫌だった。

「まあいい、さっさと要件を済ませよう。こっちはお前が大人しく捕《つか》まってくれると助かるんだがな」

「はっは、職務熱心ですね。わざわざザースデンまで来て」

シュテノヴ特務諜報員が他国であるザースデンの事変に介入《かいにゅう》する。露見《ろけん》すれば外交においてどれほど危険で重みのある行為《こうい》か。これだけで、シュテノヴが本気でレナートスを捕《とら》えに来ていることは明白だった。

「それなりの給料は、貰っているからな」

ウィレムが構え、レナートスが警戒する。二人の間に一触即発《いっしょくそくはつ》の空気が流れた瞬間——。

「妖精の抱擁《ミィムハグ》!」

生意気そうな声音《こわね》と共に、レナートスの足元から黒い影《かげ》の手が這い出てくる。

「な――」

突然の急襲《きゅうしゅう》にレナートスが後ろに飛び跳《は》ねて躱《かわ》すも――！　前方から迫《せま》りくる贅肉《ぜいにく》が、怪物と化した黒く大きな右腕《みぎうで》を振り下ろし、レナートスを捕《と》らえた。

三ヶ月前は取り逃《に》がしたレナートスにやっと届いたウィレムの爪《つめ》。今回は逃《のが》さないように、と石の床を割るほどの力を込める。

「やれ、デブ！　今だ！　握り潰《つぶ》せ！」

外壁《がいへき》から勢いよく飛び出してきたエルナが、屋上にシュタッと着地。茶色のお団子頭を揺らしてウィレムに声援《せいえん》を送った。

ウィレムはレナートスの体を締《し》め上げながら、左手で愛銃フューリーを抜《ぬ》き取り構える。このままレナートスを右手で潰し戦闘《せんとう》不能に追い込むか、眉間に爆発《ばくはつ》する弾丸《だんがん》を打ち込むか――だが、表情を曇《くも》らせたのはウィレムだった。

「っ！」

レナートスの身体が白い輝《かがや》きを放つと、ウィレムは右手を離《はな》して真後ろに飛び、腹肉を弾《はず》ませながら距離《きょり》を取った。

「あれ、あまりやる気はないんですか？」

即座《そくざ》に引いたウィレムの判断に、レナートスはつまらなそうな顔を作り、ゆっくりと上体を起こす。層の厚いシュテノヴ特務課報員の中、次期局長候補の一人と目されるウィレムを相手に、どれほどのものかと期待してみれば、肩透《かたす》かしを食《く》らった気分にもなる。

「何してんすか！　せっかくの好機《チャンス》だったのに！」

怪物の右手でとらえた獲物《えもの》を、あっさり放してしまったウィレムに、端で見ていたエルナが野次《やじ》を飛ばした。

ウィレムはエルナに構うことなく、険しい表情で目の前のレナートスを睨《にら》みつける。経験によるものか、異邦人《いほうじん》の本能によるものか、一瞬右腕《いっしゅんみぎうで》を消し飛ばされそうなイメージを抱《いだ》いていた。

「ああ、そうか。ウィレムさんは感応体質でしたね、危険には人一倍敏感《びんかん》だ」

服についた汚《よご》れを払いながら立ち上がるレナートスは、大仰《おおぎょう》な仕草で両手を広げる。すると、人の頭ほどの大きさの白い光球が二つ現れ、レナートスの周囲を回転し始めた。

「お前、何者だ」

「さて、何者でしょうか。僕も、たまに自分が何者かわからなくなる時があるんですよ。自身の存在を定義するものは何か……答えてあげたいのですが、正解が見つかりません」

ほほ笑むレナートスに、渋面《じゅうめん》を向けるウィレム。

「そうか。なら、その光る球体について教えてもらって良いか？」

「これは神器です。レギンレイヴと言いまして、なかなかに扱《あつか》いづらくて困った奴《やつ》なんですよ。普段は夜道の灯《あか》りくらいにしかならないんですけど、当たると結構痛いんです」

異邦人としての感応は、レナートスの周囲に浮《う》く光る球体から、凄《すさ》まじい力を感じ取っている。神器と聞けば、ウィレムはその感覚が正しいものだと確信。

「試《ため》してみましょうよ、今のウィレムさんがどこまでやれるか」

目の前の優男《やさおとこ》に舐められているとわかり苛《いら》ついても、状況《じょうきょう》の判断を見誤らなかった。異邦人の変貌《へんぼう》も長くは保たない。

「エルナ！　逃げろ！」

エルナに撤退《てったい》を指示しながら振り返ると、そこにエルナの姿はなかった。光る球が神器と聞いた瞬間、すでに逃走《とうそう》していた。

「はっは！　これだからシュテノヴは面白《おもしろ》くない。もっと大きな勝利にこだわってくださいよ」

▼

宿泊区画で防衛にあたっていたソフィア隊の五人は、疲弊《ひへい》していた。

「どれだけ出てくるの」

慣れない避難誘導や救助を行いながらの戦闘、倒《たお》しても倒しても沸《わ》いて出てくる狂獣。仲間の女性の一人は脇腹《わきばら》を負傷し、壁にもたれかかっている。伝説の探索者マリヤの娘《むすめ》であるソフィアを中心に活躍《かつやく》し、今街で一番勢いのある新人探索隊として頭角を現しても、彼らはあくまで探索者《シーカー》であり、戦闘を専門とする者たちではない。

仲間たちは傷つき、すでに満身創痍《まんしんそうい》だった。この場から逃げようにも、戦線を引いて撤退しながら戦っていたため、袋小路《ふくろこうじ》に追い詰《つ》められている。

（みんなも、そろそろ限界かな）

ソフィアは決意し、仲間たちに指示を出す。

「僕が道を開くから、その間に逃げて！」

自分を囮《おとり》に逃げろ、というソフィアに、仲間たちは困惑《こんわく》した表情を向けた。隊長の命令でも、仲間を置いていくような真似《まね》はしたくない。

「僕のことは心配しないで、探索隊生還《せいかん》率十割のソフィアちゃんだよ！　こんな奴らに負けないいし、絶対死なないから」

ソフィアは炎槍を構え直し、狂獣の群れに突進《とっしん》する。

絶対に死なない、生きて帰る——探索の事故で母親を失ったソフィアが、探索者となったときに心に誓《ちか》った言葉だ。ただ、これは自身の誓いではなかった。ソフィアの記憶《きおく》は曖昧《あいまい》だが、事故の唯一《ゆいいつ》の生還者《せいかんしゃ》として、母の遺品を持ってきてくれたデニスの言葉。ソフィアに涙《なみだ》を流して謝罪し、絶対誰《だれ》も死なせない探索隊を作る、と言った背中が、呆然《ぼうぜん》とするソフィアの印象に残っていた。

そして、ソフィアには仲間たちがこの場から離れてくれさえすれば、絶対に負けない自信もあった。

「早く行って！　お願い！」

ソフィアが囮になり、仲間たちを逃がし、あとは狂獣を倒すだけ。ソフィアにとってただそれだけのことだったが、ことは上手く運ばないもの。

————!!

聞き慣れた咆哮、表情を驚愕《きょうがく》の色に染めるソフィアと仲間たち。周囲の狂獣たちも委縮し、ある獣は後ずさりをしてその場を逃げ出した。

地響《じひび》きと共に向かってくるのは、三体の大型のルトイッツ狂化竜獣。昨日仲間を屠《ほふ》られた恨《うら》みか、ソフィア探索隊に真《ま》っ直ぐ狙《ねら》いを定め、駆《か》けてくる。

「……嘘《うそ》でしょ」

急に力が抜けて肩を落とすソフィアは、小さく呟《つぶや》いた。

▼

急ぎ遺跡から出て時計塔《とけいとう》に登ったシグは、眼下に広がる光景を見て、言葉を失っていた。

あれだけ活気に溢《あふ》れていたルトイッツの街は現在、そこかしこから火の手が上がり、狂獣の雄《お》たけびと応戦する探索者の怒声に溢れている。

避難する住民の阿鼻叫喚――それらが、自身がこの街に来てしまったことで引き起こされたとなれば、罪の意識を感じざるを得ない。

「本当に、くだらないことをしてくれる」

久しぶりに感じる怒《いか》りか、心底うんざりとした呆《あき》れか、シグの胸には熱く不快なものがこみ上げてきていた。

時計塔から飛び、音もなく地面に降り立ったシグは、右腕を前に差し出し手の平を地面に向ける。その先から滴《したた》り落ちるように伸びる、ドロッとした粘液質《ねんえきしつ》の黒い塊《かたまり》。土に触《ふ》れた瞬間、あっという間にグニグニとした球状の塊に膨《ふく》れ上がった。

強い弾力《だんりょく》があるのか、シグが黒い塊を押し込むようにして潰していくと、地面に吸《す》い込まれるように縮んでいく黒い物質。シグの手の平が地面についた瞬間——目にも止まらぬ速さで、黒い影が四方八方に伸びていく。

先程《さきほど》視認《しにん》した狂獣たちの方向に意識を集中した。硬度《こうど》や形態も自在なのか、影のように伸びた黒い塊は、さながら意思を持つ魔素といったところ。そこかしこに散らばった狂獣の下に伸びていくと、鋭《するど》く尖《とが》らせた黒い槍を地面から突《つ》き出し、頭や腹部、脚《あし》などを貫《つらぬ》いた。

シグは黒い影の塊から右手を放すと、今度は左手で軽く触れる。勢いよく燃える黒き深《しん》淵《えん》の炎《ほのお》が、導火線のように影を伝い、黒い塊に貫かれていた狂獣たちを焼き尽《つ》くす。

各所で街を防衛していた探索者たちは、突然《とつぜん》何かに貫かれ、黒く燃える狂獣に驚くことしかできなかった。

シグは自身の両手を握《にぎ》っては開き、まだ平和に錆《さ》びついていないことを確認《かくにん》する。〝破壊する左手〟と〝創造する右手〟が、シグの異邦人としての能力。魔素の分解と自在な構築が、世界を恐怖《きょうふ》に陥《おとしい》れる魔王《まおう》の力だった。

「昔なら、もっと一遍《いっぺん》にやれたんだけどな」

誰に聞かせるわけでもなく、そう独り言をつぶやきながら、高い屋根の上に飛び乗るシグ。

危険な狂獣はいないか、と目を凝《こ》らしていた時、宿泊区画で暴れる複数のルトイッツ狂化竜獣を発見する。相対していたのは見知った顔と赤い髪《かみ》、ソフィアとその仲間達だった。

「あれは、ソフィアちゃんたちか」

以前受けた恩もある、助けに行こう、と身を乗り出したとき、シグはソフィアの様子が変わっていくことに気が付いた。

「……なんだ、そういうことか」

ソフィアが自分を気にかけ、手を貸してくれた理由を悟《さと》り、シグは腕《うで》を組んで顎《あご》に手を添《そ》える。ソフィアの仲間が驚いている様子を見て、きっと事情はあるにせよ、どうしたものかと考えた。

その昔、いけ好かない男が言っていた言葉を思い出す。

――どんなに印象《イメージ》が悪い奴でも、魔王を倒したら英雄《えいゆう》になれるんだよ。お前って、それぐらい悪い奴認定《やつにんてい》されてるしな。むしろ悪童が善行を行えばこそ、人はより深く錯覚《さっかく》するから、俺は人気と名声を獲得《かくとく》できるわけだ。

封印《ふういん》されたシグはその過程を直接見ることはできなかったが、結果的にその詐欺師《さぎし》のような男が勇者と呼ばれ、持て囃《はや》されたことは知っている。

シグは悲しそうなソフィアの姿を見つめながら、静かにため息を吐いた。

▼

飛び出して行ってしまったシグに遅《おく》れ、遺跡《いせき》の入り口にたどり着いたリタ、アデーレとデニス探索隊《たんさくたい》の面々。すでに始まっていた狂獣の暴走に驚きながらも、デニスが指示を出す。

「エーファとエマは避難所《ひなんしょ》へ行って負傷者の治療《ちりょう》にあたれ、俺とボニファーツは住民の避難を手伝うぞ」

「わ、わかった！」

焦《あせ》りながらも素直《すなお》にうなずいたボニファーツと違《ちが》い、エーファは隊長の指示に怒りを滲《にじ》ませて返答をする。

「デニスさんも要避難者です！　その足で何ができると思ってるんですか！」

「え、いや、でも……」

初めてエーファに怒《おこ》られたデニスは、その勢いに押され、目を丸くしながら口を噤《つぐ》んだ。

「どれだけ心配かければ気が済むんですか！　バカなんですか！」

涙目《なみだめ》のエーファに詰め寄られ、叱《しか》られたデニスは戸惑《とまど》うことしかできなかった。

そのやり取りを見ていたアデーレが笑う。

「あっは！　あんたは怪我人《けがにん》なんだから大人しくしてろってさ。おっちゃんは私たちと来な、これからリタが見境なく暴れちまうだろうから、その後片付けだ」

「仰《おお》せのままに、女王様《クイーン》」

ボニファーツはアデーレの前に跪《ひざまず》き、絶対の忠誠を誓った。

「わ、私も一緒《いっしょ》に行きたいです！　何かの役に立てれば」

樫《かし》の杖《つえ》も魔術《まじゅつ》学校の制帽《せいぼう》も失ったエマは、もう普通《ふつう》の女の子にしか見えなかったが、住民の避難誘導に志願した。

「おう、ついてきな。ただし、何があっても自己責任だぜ」

「はい、構いません」

口角を上げるアデーレにエマは頷《うなず》いてから、真っすぐ前を見つめるリタの横顔に視線を移した。

▼

倒れて動かない贅肉の塊《ウィレム》に腰掛《こしか》け、夜闇に染まろうとする曖昧な空を見上げるレナートス。

「意志を貫くには、力が足りませんね。ウィレムさん」

意識がないとわかっていながら語り掛《か》け、小さなため息を吐いた。

「せっかく異邦人の血を引いてるのにもったいない。感応もあるんですから、君はもっと強くなれるはずですよ」

人でありながら、異邦《いほう》の力を持つウィレムは、深淵の力を身に宿すことができる稀有《けう》な混ざり者。レナートスは待っていたのだ、いつか現れる人と異邦の両方の特性を持つ者を。しかし、期待外れも良いところだった。

「今回は見逃《みのが》してあげますから、より強くなって出直してきてください。魔王を倒すくらいの存在になれることを、期待してますよ」

立ち上がったレナートスは、あっと何かを思い出すように手を叩いた。

「そうでした。そこに隠れているお団子さん。ウィレムさんが起きたら伝えてくれませんか？　我々に近づきたいのなら、〝高貴なる者〟について調べなさいって」

ヒラヒラと手を振《ふ》るレナートスがその場を去ろうとしたとき――夜に染まりかけていた

空が突如《とつじょ》、昼間のように明るくなった。

その光景を眺め、レナートスは満足そうに頷く。

▼

「──なんって！　そんな奴にちょっかいかけてんだよ！　リタ！」

「うひぃ！」

早速《さっそく》やらかしたリタに向かって叫ぶアデーレ。身を屈《かが》め、エマの肩を抱いて降ってくる瓦礫《がれき》を避《さ》ける。隣《となり》のボニファーツも頭の上に盾《たて》を置いて走り回り、ついてこなければよかった、と心底後悔《こうかい》していた。

「なんか、目の前歩いてたから！」

────!!　轟音《ごうおん》と共に崩壊する建物の石壁《いしかべ》。その巨大な竜が尾《お》を振れば、瓦礫がいとも簡単に宙を舞《ま》う。

今、リタたちの目の前で暴れている竜《りゅう》は、ルトイッツ狂化竜獣《リントヴルム》の女王。竜の群れを統《す》べる存在であり、遺跡の深層級の化け物だった。たまたまリタが走っていく先にいたので、ブリュンヒルデで殴《なぐ》り掛かったところ、大層お怒りになっている。

巨大な竜の出現。気づかれる前に踵を返そうとしていた三人は、リタの暴挙に唖然《あぜん》としていた。

「倒せんのか⁉」

「わかんない！　ちょっときついかも！」

「前見ろ、リタ！」

竜の尾に急襲され、吹き飛ばされるリタに叫ぶアデーレ。しかし、眼前で巻き起こる衝《しょう》撃波《げきは》に目も開けていられない。

竜の女王はそのままアデーレ、エマ、ボニファーツに顔を向け、巨大な顎を開いた。おどろおどろしい口内に集まる真っ赤な炎――。

「皆《みな》さん、逃げてください！」

竜の火炎《かえん》と判断したエマが、退避《たいひ》を促す。

直後、竜の口から噴き出す炎の塊。エマたちは赤き炎の熱波にさらされながら逃げ惑《まど》う。

着弾点《ちゃくだんてん》の石壁がドロドロに溶《と》けていく様に、かなりの熱量であることが窺《うかが》えた。

竜の女王の猛威《もうい》に場が混乱する中、最初に臨戦態勢を取れたのはエマ。アデーレとボニファーツの無事を確認した直後、両手の指先を合わせて魔力《まりょく》を練り上げる。

経験の少なさ故か、常識の範疇《はんちゅう》に無い怪物の存在を素直に飲《の》み込《こ》むことができた。

「――」

詠唱《えいしょう》を始めればふわりとしたつむじ風に黒いローブが舞い、魔素《まそ》が身の周りに集約する。

しかし、竜の女王が少し顔を傾《かたむ》けて、エマを目標に捉《とら》えた。

口元に集まる赤い炎、顎の角度からエマも自身が狙われていることがわかる。詠唱を続けるか逃げるかの判断が問われた。しかし、エマの足では上手く避けられるとも限らない。

「大丈夫、続けて！」

ボニファーツが、狙われているエマを脇《わき》に抱えて走り出した。この遅《おそ》さでは炎弾《ほのおだん》が当たりそうではあるが、何もしないよりはましだった。

ひと際赤く染まった口元に緊張《きんちょう》が走り、竜の女王から再度放たれる火炎――。

「っ！」

炎の塊はエマとボニファーツのすぐ横を通り、石床を溶かす。

「――深霧《ディープミスト》！」

詠唱を終えたエマが叫《さけ》ぶと、赤と水色の大きな魔法陣《まほうじん》が重なり合うように展開する。

エマが放ったのは形成級上位に相当する混合魔術。二つの魔法陣が近づき混ざり合うと、真っ白な水蒸気が爆発的《ばくはつてき》に広がり周囲を覆《おお》い尽くした。巨大な竜は体が半分抜きん出るが、人の背は完全に水蒸気の中に隠《かく》れる。

「今のうちに！」

一瞬《いっしゅん》にして視界が悪くなった周囲に、エマの意図を察したアデーレとボニファーツは、逃走の態勢を取る――ただ、所詮《しょせん》は視界を奪《うば》うだけの形成級《イェツィラ》魔術、竜の尾の一振《ひとふ》りが水蒸気を裂《さ》き、あっという間に霧散《むさん》させた。

「――おいリタ！　潰れちまったのか⁉」

エマが放った水蒸気に紛《まぎ》れて移動し、リタが吹き飛んだ瓦礫の山に向かって叫ぶアデーレ。鞭《むち》を構えるも、巨大な竜の弱点に届く武器を持っていない。

「っ！　ありゃ化け物だ」

百戦錬磨《ひゃくせんれんま》の女王《クィーン》様でも攻《せ》めあぐね、匙《さじ》を投げかけた直後――瓦礫の山が大きく弾け、ぽっかりと穴が空いた中で佇《たたず》む白い光。

「なんだ、やっぱ生きて――」

「アデーレ、退がってて！」

両手でブリュンヒルデを掲《かか》げるリタが叫ぶと、身に纏《まと》う光が白銀の剣《けん》に集約する。輝きが増し肥大化する闘気は、夕闇《ゆうやみ》の覆う空に伸びていく。

無事を安堵《あんど》する間もなく大技《おおわざ》を構えるリタに、アデーレはポカンと口を開ける。眼前で伸びていく闘気の巨大な剣に、以前巻《ま》き込まれて死にかけたこともあった。

「バカ！　近くでそれやるんじゃねえよ！」

いつも退がって、と言うわりに退がる隙《すき》も与《あた》えてくれないリタに悪態を吐くアデーレ。

相変わらず人の話を聞かないリタに背を向け走り出す。

リタは高く掲げた白光に輝く剣を、目の前の竜の女王に容赦《ようしゃ》なく振り下ろす。

「星の輝き《ルミナス》！」

――一本の巨大な剣となった闘気を振り下ろし、敵を叩き潰す星の輝き。隙が大きい分対人戦闘には不向きだが、攻城戦《こうじょうせん》などでは絶大な威力《いりょく》を発揮する。〝スラウゼンの剣〟の異名を頂戴《ちょうだい》するきっかけになった天を穿《うが》つ白光の剣であり、リタが大きな城門をぶった切るために思いつきでやってみたらできちゃった技だった。

「行っけえええ――――！」

竜の女王は、空を割る星の輝きで押し潰される――――！　響《ひび》き渡る轟音とともに空気を震《ふる》わす衝撃《しょうげき》。

烈風《れっぷう》が巨大な闘気を中心に起こり、周囲に残った水蒸気を巻き込んでは吹き荒《あ》れる。噴《ふん》出《しゅつ》する星の輝きと共に、竜鱗《りゅうりん》をガリガリと削《けず》る音が響き耳を襲《おそ》う。

両足を地に付け巨剣《きょけん》を振り下ろすリタ。

「固っ――――！」

額に闘気を叩きつけられても、竜の女王は火花を散らしながら抗《あらが》い立ち上がろうとする。竜の額の頑強《がんきょう》さに曇るリタの表情。星の輝きですら叩き潰せない敵など、初めてだった。

巨大な剣と分厚い竜鱗、火花と砂《さ》塵《じん》が舞う迫《せり》合い。しかし、じわじわとリタが押し返されていく。

吹き荒れる暴風に、顔を腕で覆うアデーレは、リタに向かって叫んだ。

「なんか負けてねえか⁉」

白銀の剣から放たれる闘気が凄まじかろうが、支えているのは人の二本の脚。数倍はあろうかと思える巨躯《きょく》の力には到底敵《とうていかな》わない。

徐々《じょじょ》に立ち上がってくる竜の女王に、リタも苦々しく思いながら叫び返す。

「――っ！　見てないで手伝ってよ！」

鞭しか持っていない自分に何を手伝えと、とアデーレは思うが、そうも言っていられない現状。

「仕方ねえな！　そのまま押さえとけ」

悪態をつきそうになるアデーレは、エマに向かって真っ直《す》ぐに走り出した。

「魔術士の嬢《じょう》ちゃん！　攻撃魔術《こうげきまじゅつ》を頼《たの》む！　できるだけ早くて強いやつ！」

「え、あ、はい！」

星の輝きと竜のせめぎあいを茫然と眺《なが》めていたエマは、アデーレに声を掛けられ、はっとする。指示された通り、両手の指先を合わせ、魔術の詠唱を開始した。

エマの下に駆け寄ったアデーレは、エマの肩《かた》から手を伸ばし、眼前の巨大な竜を指し示す。

「いいか、あの竜の弱点はデカい頭と身体を支えてる股関節《こかんせつ》内側だ。よく狙え」

指を銃《じゅう》のようにして、狙うべき箇所《かしょ》を示すアデーレに、エマは小さくうなずいた。触れ合う肌《はだ》と良い香りに、鼻がくすぐったくなる。

「外すなよ」

アデーレは、相手を集中して視るだけで、その強さや弱点、性感帯《スウィートスポット》を見極《みきわ》めることができる〝見抜《みぬ》く者〟。稀《まれ》に人に発現する特殊な能力を持っていた。

「大丈夫《だいじょうぶ》です、的に当てるの得意なんで」

――竜の樽《たる》のような胴体《どうたい》と、脚部《きゃくぶ》の関節を打ち抜く一筋の光。

エマが放った援護射撃《えんごしゃげき》は〝光の雫《ルクシズドロップ》〟、形成級中位《イェツィラ》に相当する光属性の魔術。致命傷《ちめいしょう》は与えられないものの、星の輝きに耐《た》える竜の態勢を崩《くず》すには、十分だった。

竜の女王がぐらついた瞬間《しゅんかん》、アデーレはリタに向かって合図を送る。

額に大粒《おおつぶ》の汗《あせ》を浮かべていたリタは、小さく頷いてから全力の闘気を練り上げ、がなり声を上げた――！

「リタ！」

輝きを増した光。竜の女王は右側から崩れるように倒れこみ、尚《なお》も星の輝き《ルミナス》に押し潰されていく。立ち上がることも抗うこともできない竜の女王は、やがて瞳《ひとみ》から光を失っていった。

収束する星の輝き。肩で息をするリタの見つめる先には、巨大な胴体が丸棒で叩かれたようにへこみ、頭部の半分が潰れた竜の女王の亡骸《なきがら》が転がる。焼け焦《こ》げた竜鱗から、微《かす》かな煙が立ち昇《のぼ》っていた。

「倒した？」

走り寄ったアデーレが竜の亡骸をつつき、動かなくなったことを確認。リタに向かって片手を上げ、親指をグッと立てた。

久しぶりに手こずった相手、無事倒せたことにリタが安堵した瞬間――突然空が光り、辺りが明るくなった。

▼

横たわる大型のルトイッツ狂化竜獣が三体、その他にも黒犬や名前もわからない恐鳥の狂獣《きょうじゅう》の亡骸が辺りに転がっている。

それをつまらなそうに見つめるのは、怪物の姿をした女の異邦人。獲物を射貫《いぬ》く大きな赤い眼に、頭から二本生える太く曲がりくねった鋭い角。頬《ほお》と腕や背中、脚までもが赤い鱗《うろこ》で覆われ、両の手足の大きな爪は狂獣の血肉に塗《まみ》れている。申し訳程度の尾と、肘《ひじ》には先端《せんたん》の尖った細い翼《つばさ》が生えており、その姿は赤き竜の異邦人、と言うべき様相だった。右の手には、母の形見である炎槍《えんそう》が、大事そうに握りしめられている。

女の異邦人が、仲間の方を振り返ると、やはり予想通りの表情をしていた。

戸惑い、困惑、焦り、恐怖——狂獣の群れを簡単に屠った恐ろしい異邦人。それが、よく知るソフィアだった。騙《だま》されていたのか、裏切られていたのか。

仲間たちの顔は、ソフィアが一番見たくなかった、恐れと失望を孕《はら》んだ表情だった——

（ごめん、お母さん）

――ソフィアは、とある街の孤児《こじ》だった。異邦人として生まれ、捨てられ、孤独《こどく》を生きる幼少期。異邦人であるが故か、誰も助けてくれず、子供だからと相手にもされず、ただゴミを漁《あさ》って飢《う》えをしのぎ、用水路の水で喉《のど》の渇《かわ》きを癒《いや》す毎日だった。

ある日、空腹に耐えかねてパンを盗《ぬす》もうとしたところ、あっさりと大人たちに捕まり路地裏に連れていかれた。一人の大人は折檻《せっかん》用の鞭を、もう一人は大きな包丁を持っていて、あとの大人は気の毒そうな表情や、面白がっている表情など様々だった。

何度も鞭で打たれるのか、包丁で手を切り落とされてしまうのか。幼いソフィアは恐怖するが、カタカタと震えるだけで一歩も動くことができなかった。しかし、そのどちらも実行されることはなかった。

筋骨隆々《りゅうりゅう》の逞《たくま》しい女性が、人だかりを割って入ってくる。そしてソフィアたちを囲む大人を殴りながら、何かを叫んだ。

当時のソフィアは、言葉がわからなかったので、女性が何を叫んだかは覚えていない。ただ、自分を助けてくれようとしていることは理解していた。

それが、ソフィアと母マリヤの出会い。マリヤは旅の探索者で、ルトイッツに向かっている途中《とちゅう》だった。手を差し伸《の》べられたソフィアは、ここでその手を掴《つか》めなかったら一生後悔すると思い、必死に握り返す。

拾われたソフィアが何よりも嬉《うれ》しかったことは、毎日ご飯が食べられること。マリヤはソフィアの髪を洗い整え、綺麗《きれい》な服を買い、旅に同行させた。

それからソフィアは言葉を覚え、いたずらをしてはぶん殴られ、常識を勉強し、つまみ食いをしては尻《しり》を叩《たた》かれ、すくすくと成長していく。

ソフィアが一緒に旅をしていた一団は、遺跡を踏破《とうは》した凄腕《すごうで》の探索者たち。その隊長が筋骨隆々のマリヤであり、発破付きの採掘《さいくつ》道具、炎槍を持つ伝説の探索者だった。

どうだ、すげえだろ、と毎日マリヤが自慢《じまん》してくるものだから、ソフィアはその話だけすぐに覚えた。その他にも、黒犬毛皮の狂獣《きょうじゅう》避けの迷信《めいしん》を信じてるのは長生きの異邦人くらい、という話や、ろくな武器も持たずに潜《もぐ》ってるやつも大体異邦人、という話も教えてくれた。

ある日、母の仲間の若い探索者に、自分が拾われた理由を尋《たず》ねたところ、マリヤがソフィアと同じくらいの娘を、病気で亡《な》くしていたと教えられる。それをソフィアに告げた仲間の探索者はボコボコにされ、マリヤはソフィアに、そんな理由じゃねえ、と笑いかけた。

ルトイッツに着いてから探索隊の拠点《きょてん》を作り、マリヤは家を買った。ここの地下迷宮《めいきゅう》を、生涯《しょうがい》最後の探索地と決めていたのだろう。伝説の探索者と、その一団がやってきて、ルトイッツの街は大いに賑《にぎ》わった。

マリヤと仲間たちが創設した組合、真夜中の梟《ふくろう》も徐々に規模を増していく。しかし、ルトイッツでのマリヤたちの発言力が高まっていくと同時に、遺跡管理局との亀裂《きれつ》も深まっていった。

母に憧《あこが》れ、自分もいつかは探索者に、と思うも、ソフィアは隠れた異邦人。探索《たんさく》許可証を取るどころか、遺跡に入ることすらできない。憧れは憧れのまま、心のどこかで夢を諦《あきら》めていた。

ただ、諦めた、というより、もう十分すぎるほど幸せだったのかもしれない。母マリヤと食卓《しょくたく》を囲み、地下迷宮の冒険《ぼうけん》、および自慢話《じまんばなし》に耳を傾け、時には反抗《はんこう》してボコボコにされ、互《たが》いに謝《あやま》っては仲直りする。ソフィアは、何も求めていなかったのかもしれない。しかし、与えられた幸せは長く続かないもの。

ある日の夕方、母の探索隊の随行者《ずいこうしゃ》デニスが、ソフィアの家を訪ねてきた。ずいぶんと暗い顔をして、その手にはマリヤの炎槍を持って。

デニスが告げた、母の死、という事実に、ソフィアは全く実感がわかなかった。今日も少し帰りが遅いだけで、いつも通りの笑顔《えがお》で帰ってくるはずだと。ただ、泣きながら頭を下げ、謝罪の言葉を繰《く》り返すデニスを見つめ、呆然とすることしかできなかった。

塞《ふさ》ぎこみ、毎日を生きる屍《しかばね》となっていたソフィアは、ある朝決意する。そうだ、探索者になろうと。幸い、母が隠し持っていた収蔵品で、自分が異邦人だとバレないよう検査で誤魔化《ごまか》せる遺物もある。探索者になって深層へ行き、母の遺品の一つでも発掘《はっくつ》してやろうではないか。

母からの英才教育、という名の自慢話に耳を傾けていた甲斐《かい》あってか、若くして見事に探索者試験を突破《とっぱ》したソフィア。その後はめきめきと頭角を現し、母と死んだ仲間たちが創った真夜中の梟に誘《さそ》われる。見知った顔はほとんどいなくなっていたが、以前母にボコボコにされていた探索者が団長となっていたため、ソフィアは快諾《かいだく》した。

それから、伝説の探索者マリヤの再来、炎槍ソフィアとしてルトイッツの街にその名を馳《は》せる。探索者マリヤの名誉《めいよ》を守り、母の遺品を探すため、ソフィアは探索者として励《はげ》んでいた。自身が、異邦人であることを隠しながら――。


「……あ、あのさ」

怪物《かいぶつ》と化したソフィアが前に差し出した手に、後退《あとずさ》りをする仲間たち。大型の狂獣を簡単に屠った力は、明らかに第一級異邦人としての力を備えている。仲間の怯《おび》えた表情に、ソフィアの胸は強く締め付けられた。

(何やってんだろ、僕《ぼく》は。騙しておいて受け入れてもらおうなんて、バカみたいだ)

仲間の命を守りはしたが、母の名誉を汚した不甲斐《ふがい》なさと、異邦人としての生きづらさを心の中で笑い、ソフィアは隠れ異邦人としての裁きを受ける覚悟《かくご》を決める。

その時だった——背後から、トン、という音が聞こえ、絶望が舞い降《お》りる。振り返ったソフィアが見たのは、金色の瞳を宿し、全身を黒に染めた異邦人だった。その怪物を視認《しにん》した瞬間、異邦人としての本能が、細胞《さいぼう》が、迫りくる危機を告げる。

「お前か？　これをやったのは」

黒い異邦人は、言うと同時、左手を振り黒い炎を発現させ、狂獣の躯《むくろ》を焼き尽くす。黒炎はあっという間に燃え広がり、ソフィアが仲間に逃げろと指示する間もなく、周囲の道を塞いだ。

「異邦人が人を守るとはな。面白い、お前の力を試してやろう」

黒い異邦人が右手を高く掲げると、黒い炎により生じる純度の高い魔素が集約していく。

やがて、黒い力を包む白い光へと変わったそれは、上空へと放たれた。

「我《わ》が名はシグルズ。お前たち人が魔王と呼ぶ、異邦人《バーレルセル》を統べる者だ」

瞬間、夜闇《よやみ》に変わろうとしていた空は、昼間のように明るくなった。球体の炎が急速に膨れ上がり、次に訪《おとず》れるのは耳を劈《つんざ》く轟音――さらに爆風《ばくふう》が押《お》し寄せ砂塵が舞い、ソフィアと仲間達《たち》は腕で顔を覆った。

初めて目にする、大きな力の塊。おとぎ話に聞いたことのある、悪魔《あくま》の光。抗いようもない暴力に、身を屈めて耐えるので精一杯《せいいっぱい》だった。

混乱する頭の中。なぜ魔王がこんなところに、なぜ襲ってくる、本物？ 偽物《にせもの》？ いや、関係ない、目の前にいるのは確かに化け物だ。できることは、仲間を守ることだけ。

――――!!

ソフィアが獣《けもの》の如く叫び声を上げた。自身を鼓舞《こぶ》し、目の前に現れた絶望に立ち向かっていく。

魔王の頭部目掛《めが》けて、炎槍を力一杯《ちからいっぱい》に振り被《かぶ》る。

「武器を使う異邦人《いほうじん》か、珍《めずら》しい」

その渾身《こんしん》の一撃《いちげき》は、魔王の右手でいとも簡単に止められた。

「ただ、力任せに武器を振るうだけでは、異邦人の戦い方とは言えないな」

よく目を凝らしてみれば、魔王の右手の平には、粘体《ねんたい》のような黒い物質がまとわりついている。しかし、ソフィアにはその物質が何かも分からなかった。

「っ！」

槍《やり》の先端を爆破《ばくは》させ、距離《きょり》をとるソフィア。魔王は眼前の爆発《ばくはつ》を意に介した様子もなく、ゆっくりと歩き出す。魔王の周囲が歪《ゆが》むほどの闘気と殺気、まるで絶望が近づいてくるかのようだった。

炎槍を地面に突き立てたソフィアは、叫びながら両の手足の鉤爪《かぎつめ》に真っ赤な炎を発現させる。火を操《あやつ》る異邦人、ソフィアは自分をそういう存在だと認識《にんしき》していた。

炎を纏う右の鉤爪を振り、魔王に襲い掛かる。それが避けられると、左の鉤爪を振るう。それも当たらない。縦横無尽《じゅうおうむじん》に繰り出す爪《つめ》と脚蹴《あしげ》りは、はたから見ると凄まじい熱気と勢いだったが、魔王はその場にいないのではないか、とソフィアが疑うほど、竜鱗《りゅうりん》を纏う両手足は空を切った。

「がっ！」

魔王は暴れるソフィアの首を鷲掴《わしづか》み、片手で持ち上げる。

「異邦人は魔素の流れを感じながら戦う。力任せのおまえにはちっともそれができていない」

そのまま振りかぶると、ソフィアを背後の仲間達目掛《たちめが》けて投げつけた。

眼前に転がるソフィアに、仲間たちは心配そうな視線を送る。さきほどまで、畏怖《いふ》の対象であったソフィアが、弱々しく見えていた。

ソフィアは立ち上がろうにも、身体が震えていた。単純に怖《こわ》かったのだ。圧倒的強者《あっとうてききょうしゃ》によって、捻《ひね》りつぶされることが。異邦人としての本性《ほんしょう》を現した自分より強い相手と、戦った経験がなかった。

「ソフィア！　大丈夫？　立てる？」

血のにじむ腹部を押さえた仲間の女が、ソフィアに駆け寄った。

「さっきはごめん。いきなりのことで驚《おどろ》いてた」

「ハンナ……うん、大丈夫。危ないから下がってて、あの黒い異邦人、魔王かわかんないけど、本当に強いや」

立ち上がるソフィアに、後ろの仲間たちも謝罪の言葉を口にした。

「すまねえソフィア！　異邦人でもお前はお前だ！」

「俺《おれ》も謝るよ！　ここで死んでも悔《く》いがないように！」

初めて聞こえた気がする、仲間たちの言葉。異邦人であることを隠し、心の壁《かべ》を作っていたのは自分の方だったと、改めて気づかされる。

「お、おいこら黒い異邦人！　調子に乗ってんじゃねえぞ！」

ソフィアを守るように、前に出て各々《おのおの》の武器を構える探索隊の仲間たち。しかし、

「何だ、お前たちから死にたいのか？　脚が震えているぞ」

嘲《あざけ》る様に笑う魔王を前にすると、全身に力が入らない。目の前にいるのは圧倒的な捕《ほ》食者《しょくしゃ》。今すぐこの場を逃《に》げ出したくなるような重圧に、立っているので精一杯だった。

「大丈夫、僕がやるから皆は下がってて」

ソフィアは立ち上がり、顔を上げて眼前の魔王を睨《にら》みつけた。

「ソフィア……」

探索隊の仲間たちも、この場をどう切り抜《ぬ》ければ良いのかがわからない。唸《うな》る様に喉を鳴らすソフィアの気迫《きはく》に、道を譲《ゆず》ってしまう。

「隙を見て、上手《うま》く逃げてね。隊長命令だから」

勇気を振り絞《しぼ》り、魔王に向かって駆け出すソフィア。地面に突き刺《さ》さっていた炎槍を手に取り、魔王目掛《まおうめが》けて横薙《よこな》ぎに振り抜いた。やはり、魔王は身を逸《そ》らして簡単に躱《かわ》してしまう。ソフィアは勢いのまま、反転しながら左腕《ひだりうで》を伸ばし、手の平を魔王に向けた。

左手に集約する魔素は赤い炎弾となり、魔王に放たれる。先ほど魔王がやっていた技の見様見真似《みようみまね》だが、小ぶりな炎を放つことができた。

だが、魔王が右手を軽く振り黒い炎を出すと、ソフィアの炎弾はいとも簡単に掻《か》き消え

てしまう。

「っ！」

直後——地面から無数に突き出る黒い槍が、ソフィアを襲う。影《かげ》のような漆黒《しっこく》の塊は、ソフィアの肉体を貫くことはなかったが、全身を固定するようにして挟《はさ》み、身体の自由を奪う。

「何を！」

ソフィアが暴れながら脱出《だっしゅつ》を試みるも、黒い塊はびくともしない。

「意志を通したければ、守りたければ強くなれ。お前は、まず異邦人として己を知ることからだ」

魔王が、嘲笑《あざわら》うかのように言った。

「異邦人とか関係ない！　僕は……」

探索者だ、と続けようとしたが、ソフィアは言葉を噤む。探索者以前に、異邦人だった。ズルをして探索者になり、人より恵《めぐ》まれた身体能力で、嘘《うそ》で脚光《きゃっこう》を浴びている。つまるところ、自身の我儘《わがまま》で探索者になりきっているだけ。隠し事《ごと》が露見《ろけん》すれば、きっと地下迷宮に入ることすらできなくなる。そこまで我を通せるだけの力は持っていなかった。

この黒い異邦人はきっと、我儘を貫く圧倒的な力を持っている。誰《だれ》かが決めた規律に縛《しば》られることなく、散歩するように地下迷宮へ入り、深層からでも簡単に帰ってくるだろう。

ソフィアは黒い異邦人が持つ暴力、何者にも縛られない強さを、羨《うらや》ましいと感じてしまった。

「そうだ、まずはその身体が異邦人であることを受け入れてみろ。外側ではなく内面を意識するんだ」

そして、この黒い異邦人が、先ほどから教えようとしてくれていることに気が付く。持って生まれた異邦人としての本能、深淵の力の使い方を。

ソフィアはいつもの両手を発火させる要領で、身体の内面に意識を集中させる。徐々に熱くなってくる血肉。熱気による蜃気楼《しんきろう》が身体の周囲を漂《ただよ》い、深淵の力が込みあがってきた。連鎖的《れんさてき》な爆発が、全身の細胞を駆《か》け巡《めぐ》る感覚。

「……なにこれ？」

熱く滾《たぎ》る血潮を感じたソフィアを見て、魔王《まおう》は口角を上げた。

「さあ、かかってこい」

ソフィアが黒い槍を掴み渾身の力を込めると、それはいとも簡単に砕《くだ》け散った。魔王に向かって、右の鉤爪で薙《な》ぎ払《はら》う。目にも留まらぬ速さで襲ってくる爪撃に、魔王は身を仰《の》け反《ぞ》りすんでのところで躱すも、ソフィアが振った腕の後を追う様に、爆炎《ばくえん》が巻き起こる

――！　腕で顔を覆いながら守り、飛び退《の》く魔王。

ソフィアは目を丸くしながら、自身が出した深淵《しんえん》の力に驚いていた。全身からはちらちらと炎《ほのお》が発火し、腕を強く振れば爆炎が巻き起こる。そして、深淵の力を正しく使えば、身体がこんなにも軽くなることを知った。

魔王へ追撃《ついげき》をかける。大地にグッと踏《ふ》み込めば、一瞬で縮まる標的との距離。地面に突《つ》き立てた炎槍を軸《じく》に身体を回し、脚技《あしわざ》を見舞《みま》う。しかし、身を屈めた魔王に避けられ、追撃の爆炎は黒い炎にかき消された。

軸にしていた炎槍を魔王に蹴《け》られ、一瞬宙に浮《う》くソフィアの身体。その一瞬で首根っこを掴まれ、地面に背中からドン、と叩きつけられる。

衝撃はあったが、そこまでの痛みはない。夜闇に染まりかけた空を見上げるソフィアは、追撃もかけてくれず、ただ自分を見下ろすだけの魔王に、笑いがこみ上げてくる。

「……あはは！　全然勝てないや！」

侮《あなど》られてる。喧嘩《けんか》ならそれなりに強い自信もあったが、まるで大人と子供。あげく深淵の力の使い方も教えてもらい、情けない気持ちも溢《あふ》れてくる。

「どうした？　お前が立たなければ誰があいつらを守る。もう殺しても良いのか？」

魔王が、ソフィア隊の仲間を指し示し、わざとらしく首をかしげる。仲間たちはソフィアを心配そうに見ながらも、後ずさりをした。

ソフィアは歯を食いしばり立ち上がる。怪物の姿だが、その表情は泣いているようにも、笑っているようにも見える。

「それは、僕が絶対に許さないよ」

口では強気に言うものの、やっぱり僕たち殺されちゃうのかな、とソフィアが考えたとき――。


「ねえ、私も一緒に守らせてくれないかな？」


屋根の上から、凛《りん》とした女性の声音《こわね》が聞こえた直後――ソフィアの目の前を白い光が一閃《いっせん》。白銀の剣が勢いよく振られ、魔王を急襲《きゅうしゅう》する。脇腹《わきばら》を捉えた鈍《にぶ》い衝撃音《しょうげきおん》のあと、折れ曲がる黒い身体。勢いのまま吹《ふ》き飛んだ魔王は、民家の壁に突っ込み瓦礫に埋《う》もれた。

ソフィアの眼前に現れたのは、白銀の剣を持つ金髪《きんぱつ》の女性。

「いいでしょ？」

金髪の女は軽く振り返ると、ソフィアに向けて笑いかける。

突然《とつぜん》のことにソフィアは声も出せず、代わりに何度も頷いた。自分では手も足も出なかった黒い異邦人が吹き飛ばされ、ただただ驚いていた。

「あ……」

しかし自分が今、怪物の姿だということを思い出してしまう。

「あなたが何者でも私は構わない。守りたいんでしょ？　あの人たち」

「……ぅん」

小さく返事をしたソフィアを一瞥《いちべつ》し、金髪の女は白銀の剣の切っ先を魔王に向け、名乗りを上げる。

「災厄《さいやく》を振りまきし悪虐の魔王シグルズ、その首リタ・ヴァイカートが貰《もら》い受ける！　覚悟しなさい!!」

瓦礫を押しのけガバッと上体を起こした魔王は、唖然とした様子で目を丸くしていた。

▼

「なんだったんでしょうか？　さっきの爆発は」

「わかんねえ。まあ、リタが向かったし大丈夫だろ……たぶん」

リタは先ほどの爆発を見た直後、慌《あわ》てた様子で走っていってしまった。

その場に残ったエマとアデーレ、ボニファーツは、要救助者を探しながら瓦礫の山をかき分けている。巨大《きょだい》な竜の女王が現れたこの行政地区は、建物の損壊《そんかい》が特に酷《ひど》かった。

「それにしても、リタさん凄《すご》かったです。あんな大きな竜を叩き潰《つぶ》しちゃうなんて。アデーレさんも一緒《いっしょ》に魔王討伐《まおうとうばつ》の旅をされていたんですよね？」

エマはスラウゼンの剣の技を間近で見ることができ、興奮していた。その旅の仲間であるアデーレも、きっと清廉潔白《せいれんけっぱく》で崇高《すうこう》な法術士なんだろうな、と想像し、尊敬の念を抱《だ》いている。

「まあな、でも私は魔王に会うことはできなかったし、リタも結局は負けちまったらしい」

「え？　魔王ってそんなに強いんですか？」

「実際視《み》てないからわかんねえけど、その部下っぽい奴《やつ》はとんでもない化け物だな」

エマには、先ほど恐《おそ》ろしい竜の女王を屠《ほふ》ったリタの負ける姿が、想像できなかった。魔王を倒《たお》し世界を救う勇者、そういったおとぎ話の登場人物のような人だと思っていたのだ。魔術士《まじゅつし》界隈《かいわい》では、黎明《れいめい》の賢者《けんじゃ》カールと魔王が争った逸話《いつわ》が有名だが、エマが通うシュトラウス魔術学校の校長カールは、その話の真偽《しんぎ》を疑いたくなるほど耄碌《もうろく》しており、二年間徘《はい》廻《かい》し姿を消しては、先日やっと発見され帰って来たばかりだった。

「は～、世界は広いんですね。私も頑張《がんば》ります」

「お、エマも魔王倒《まおうたお》すこと目標にしてんのか？」

「いえ、そんな滅相《めっそう》もない。私は有名な魔術の研究者になって、お母さんに楽させてあげるのが夢なんです。そのためには勉強頑張らないと」

学校では首席として優秀《ゆうしゅう》な成績を収めているが、世の中を見れば上には上がいる。エマはこの旅でそれを知ることができた。小さな箱庭の交友関係で悩《なや》んでいた自分が馬鹿らしくなるほど、世界は広かった。

「そういうことか、なら今度すげえ魔術士紹介《しょうかい》してやるよ。ちょっと頭ボケちゃってるけどすげえ……らしい」

「ありがとうございます、ぜひお願いします」

なんだかうちの学校の校長みたい、とエマが考えたとき、通りの向こうからボニファーツが駆けてくる。

「女王様《クイーン》！　あちらに怪我《けが》をした男がおります。女王様の深い慈愛《じあい》をぜひその男にお与えください」

「おう、治療《ちりょう》してほしいってことだな。どんな様子だ？」

「はっ！　命に別状はなさそうですが、意識を失っております。どうぞこちらへ」

ボニファーツが恭《うやうや》しくアデーレを案内した先には、茶髪《ちゃぱつ》をお団子頭にした女の子が、贅《ぜい》肉《にく》の塊《かたまり》のような男の足を引きずって歩いていた。

「――いや～、助かったっす！」

「女王様が、直々に慈愛を与えてくださる。光栄に思え」

「……」

エマは怪我人《けがにん》より、さきほどから様子のおかしいボニファーツの頭の方が心配だった。

▼

リタ・ヴァイカート――四方を海に囲まれたスラウゼン王国の生まれで、魔王討伐を目指す勇者候補たちの一人。先代勇者マルコ・ヴァイカートの血筋、という触《ふ》れ込みで三年前に彗星《すいせい》の如く現れ、闘技会《とうぎかい》での優勝、単独での大型火竜討伐《かりゅうとうばつ》、魔術結社の壊滅《かいめつ》、異邦人による大盗賊団《だいとうぞくだん》の討伐《とうばつ》などと活躍《かつやく》し、奴隷商《どれいしょう》を営んでいた大貴族の城の門を剣一つで叩き壊《こわ》したことから、〝スラウゼンの剣〟という異名で呼ばれるようになった。

先代勇者の名を利用した情報戦略《プロパガンダ》か、噂話《うわさばなし》の誇張《こちょう》か、単なるホラ話か、真偽のほどは定かでないが、これらの活躍をまだ年若い女の子が成《な》し遂《と》げた、ということもあり、国を跨《また》いで大きな話題となった人物だ。数ヶ月前に魔王の居城、ルンベルク城へ向かったという噂《うわさ》を最後に、消息が途絶《とだ》えていた。

「リタって……スラウゼンの剣？」

そのリタを名乗る金髪の女の子が突然現れ、黒い異邦人を魔王シグルズと呼び、戦いを挑《いど》んだ。

リタが縦横無尽に繰り広げる白光の剣撃に、迎《むか》え撃《う》つ魔王の手刀と共に迸《ほとばし》る黒炎。ソフィア探索隊《たんさくたい》は、目の前で繰り広げられる激しい戦いに息を呑《の》む。

異邦人としての本性を現したソフィアが手も足も出なかった黒い異邦人と、まともにやり合う戦乙女。本物か、偽物か、などという考えはどうでも良く、眼前の凄《すさ》まじい戦いが真実だった。遺跡《いせき》で突然起きた異変、狂獣の大規模暴走《スタンピード》も、彼《かれ》らが関わっているのではないか、と憶測《おくそく》で結び付けてしまう。

距離を取ったリタが展開する黄緑色の魔法陣。リタは、一歩踏み込《こ》み加速すると、ブリュンヒルデを真っすぐに構え、魔王を強襲《きょうしゅう》する。だが、魔王は待ち構えていたかのように、右手を下から上へ振《ふ》り上げた。

「っ！」

リタの眼前に突如《とつじょ》現れた黒い粘液《ねんえき》の塊が、網状《もうじょう》に変化する。リタは黒い網《あみ》に絡《から》めとられるも、その勢いのまま魔王に刺突《しとつ》を繰り出す。

身体を回すように高速の刺突を回避《かいひ》した魔王は、リタを捕《と》らえ伸びきる黒い網を振り回し、斜《なな》め上へ放り投げた。

黒い網を断《た》ち切る、八方の白い剣筋。束縛《そくばく》を脱《だつ》し宙に放り出されたリタは態勢を立て直し、魔法陣を展開する。身体を捻りながら地面と逆さに足を合わせ、斜め下の魔王に白銀の剣の切っ先を向けた。

魔法陣を渾身の力で蹴り、白き閃光《せんこう》が再び魔王を襲う――！

再びまみえる白い剣閃《けんせん》、黒い炎、飛び散る火花、よくわからない黒い粘液。二人の戦いを間近で見ていたソフィアは、呆気《あっけ》に取られていた。申し合わせたかのように息の合った剣舞《けんぶ》を鑑賞し、見入ってしまっていた。

「ふはは！　なかなかやるな、リタ・ヴァイカート！　我をここまで楽しませてくれるとは！」

「……」

歓喜《かんき》の声を上げる魔王に、真顔のリタは猛攻《もうこう》の手を止め、魔王と距離を取った。魔王は突然梯子《とつぜんはしご》を外されたような顔で口を開け、リタを見つめている。

「ねえ、あなた何か大技ある？」

リタは正眼の構えをとったまま、背後のソフィアに声をかける。

「え？　わ、技？」

「うん、異邦人なら深淵の能力あるでしょ、必殺技《ひっさつわざ》みたいなの。私が隙を作るから一発ぶちかまして。もちろん、本気でね」

突然のリタの要求に、戸惑《とまど》うソフィア。

「必殺技って……」

ソフィアは手に持っていた炎槍を見つめ、考《かんが》え込む。この槍の必殺技と言えば、遺跡の厚い岩盤《がんばん》をもぶち抜く大爆発《だいばくはつ》、母マリヤの代名詞ともなった〝炎槍〟だ。しかし、実のところ、今の炎槍はソフィアが深淵の力を使い、疑似的《ぎじてき》に爆発を起こしてるに過ぎず、その本領を発揮することができない。理由は単純に、高純度の火の魔石《ませき》が高価だからで、滅多《めった》なことでは使えなかった。

遺跡踏破者《いせきとうはしゃ》のマリヤがあまり裕福《ゆうふく》でなかったのは、その名声で得た潤沢《じゅんたく》な資金を質の良い魔石につぎ込み、しょっちゅう大爆発を起こしていたことに起因する。爆発が好きだったらしい。

ソフィアも組合の大規模な採掘作業で魔石を用意してもらい、一度使ったくらい。当然ながら、今都合良く持ち合わせているはずもなかった。

「……わかった。ちょっと、試《ため》してみるよ」

だが、深淵の力を理解し始めたソフィアは、何かを掴めそうな気がしていた。

「よろしく」

ゆっくりと歩きだし、再び魔王とまみえるリタの背中を一瞥し、ソフィアは炎槍を両手で持ち直す。

目を瞑《つぶ》って意識を集中し、槍に炎を流《なが》し込む感覚。いつもと違《ちが》い、その内側、槍の回路を感じとり、先端の魔石を入れる箇所に先ほどの炎弾《えんだん》を集めるよう意識する。ソフィアはただ燃やしていただけの炎が、ここまで自在に操れるものだとは知らなかった。ただ、知らなかっただけで、要領を掴めば単純なこと。

純度の高い魔素の炎を蓄《たくわ》えた炎槍が、発火する。

――なんでわざわざ爆発させるかって？　お前が大きくなったら一発だけ試させてやるよ。あの全部吹き飛ばす感覚、最高だぜ！

母が楽しそうに語った言葉を思い出しながら、ソフィアは投擲《とうてき》の構えを取る。内なる炎を燃やし、全身にみなぎる熱き血潮。身体中《からだじゅう》を迸る炎がチリチリと揺《ゆ》らめく。

「リタさん！」

魔王に四方八方から剣撃《けんげき》を浴びせていたリタは、ソフィアの合図を聞いて飛び退いた。

燃える炎の槍を持つ赤き異邦人に、魔王は目を剥《む》いた。

「炎槍――！」

ソフィアは魔王目掛け、全力で炎槍を投擲する。

炎の尾《お》を引き、高速で迫《せま》りくる槍の先端を、魔王が両手でとらえた直後――。

――扇状《おうぎじょう》に膨《ふく》れ上がる火柱が、辺りを焼き尽《つ》くした。

第六章
引退魔王は逃げられない

狂獣の暴走から翌日の夜——無事に守られたルトイッツは、活気に溢れていた。あれだけの規模の暴走で、重傷者が出ても死人が出なかったのは、不幸中の幸い。真夜中の梟の団員たちによる迅速《じんそく》な対応が、大きな功績だった。

リタとアデーレ、エルナの三人も、厳《いか》ついマスターが営むルトイッツの酒場でささやかな宴会《えんかい》を開いている。もちろん仲間に裏切られ傷心であろうリタとアデーレを元気付けるため、エルナ主催《しゅさい》によるもの。

「にしてもあのデブ許せねえっす！　助けてやった礼も言わずに銃口《じゅうこう》向けやがって！」

その実、会話のほとんどはエルナの愚痴《ぐち》が飛ぶ飲み会だった。ちなみにエルナは一旦逃走《いったんとうそう》して隠《かく》れ、レナートスがいなくなったのを見計らって、倒れていたウィレムを回収しただけ。

「あの男が魔王だったんだな。あんなに隙《すき》だらけならケツ引《ひ》っ叩《ぱた》いちまえばよかったぜ」

リタとエルナから諸々《もろもろ》の事情を聞いたアデーレは、丸みを帯びたグラスに並々注がれたぶどう酒を一気に飲み干す。

「そういえばエルナちゃんの先輩《せんぱい》はどこに行ったの？　またレナートス探し？」

「なんかシュテノヴ帰ったみたいっすよ。高貴なる者のことを報告して、局長に指示を仰《あお》ぐんじゃないっすかね」

「そっか、なんか大変そうだね」

「途中で襲撃《しゅうげき》されてくたばればいいんすよ、あのデブ」

口を尖《とが》らせて憤《いきどお》るエルナの顔を見て、リタは澄《す》まし顔で酒を啜《すす》る。レナートスに裏切られはしたが胸の中ではあまり怒《おこ》ってはおらず、言葉では言い表しづらい複雑な思いを抱《かか》えていた。

「さあ、今日はあのデブが死ぬことを願ってたくさん飲むっすよ！」

「なんだエルナ、飲めるじゃねえか！」

「あたり前じゃないっすか！　こちとら飲まないとやってらんねえっすよ！」

エルナは酔《よ》っ払《ぱら》ってきたのか当初の集まりの主旨《しゅし》とは全く違うことを叫《さけ》び、グラスを高々と掲《かか》げる。アデーレはエルナの飲み振りに気を良くして、グラスをカチンと合わせる。

リタも相変わらずちびちびと酒を啜り、ささやかな宴《うたげ》は進んでいく。

――女の子三人の集まりだが、豪快《ごうかい》に飲み続けるエルナとアデーレに、軟派《なんぱ》な周囲の男たちも声をかけあぐねていた時。

「割引券もらったしさ、今日この後行ってみようよ！　ねえ、シグさん」

「い、いや俺は遠慮《えんりょ》しますよ」

「いいじゃないか、シグさんの送別会も兼《か》ねてるし奢《おご》るよ」

「……参ったなあ」

お尻を叩いてくれる店の割引券をチラつかせるボニファーツと、まんざらでもないのか頭をかいて鼻の下を伸ばすシグが酒場の扉《とびら》をくぐる。

「一回。ね、思い出作りでさ」

「ま、まあ、勉強として、一回行くくら――」

そして、いつもの樽《たる》テーブルに着こうとした時、隣《となり》の席で麦酒《エール》を啜りながら、じっと青い瞳《ひとみ》を向ける金髪の女の子に視界の端《はし》で気がつく。

「俺はそういう店行きません、絶対に行きません」

「はっはあ、固いなあシグさんは。もったいない」

頑《がん》として断るシグに、ボニファーツは弛《たる》む腹を揺らしながら笑った。帽子《ぼうし》を深々と被っているためか、女王様がすぐ隣に座すことには気がついていない。

「俺そういう趣味《しゅみ》ないんで」

シグはあえて隣の席の脅威《きょうい》に素知らぬふりをして、紳士的《しんしてき》に振る舞《ま》った。

隣の樽テーブルに着いた男に気がついた酔っ払いのエルナが、陽気な声を上げて呼びつける。

「あれ、シグっさんじゃねえっすか！　奇遇《きぐう》っすね！」

後ろを振り向いたアデーレも見覚えのある二人組に笑顔を向けた。

「あれ、おっちゃんたちじゃん！」

「ク、女王様《クイーン》!?」

ボニファーツは表情を驚きの色に染めながら、チラつかせていた割引券を慌ててしまい込む。まさか憧れの女王様がすぐ隣にいたことも気がつかず、なんたる失態かと今すぐにでも跪《ひざまず》きたい気分になった。愚鈍《ぐどん》な豚《ぶた》と罵《ののし》ってもらいたいほど。

そんなボニファーツの気持ちなど全く知らず、酒を啜りながらじっと視線を向けてくるリタに戦々恐々《せんせんきょうきょう》のシグは、片手を小さく手を上げた。

「や、やあ！　なんだかみんな楽しそうだね」

無難な挨拶《あいさつ》。会話が続くような質問はせず、どことなく他人行儀《ぎょうぎ》な言葉選び。余計なことを言えば、酒で勢い付いているであろうリタがいつ暴走するかもわからない。

「やあ！　じゃねえっすよ。ささ、テーブルくっつけて。一緒に飲むっすよ！　知らない仲じゃないんすから」

「い、いや俺たちおじさんだし、若い子と一緒に飲むなんてさ」

「何言ってんすか、もうその若い子に手を出してるんすから。あ、リタっち、ちょっと横にずれて欲《ほ》しいっす」

上機嫌《じょうきげん》に立ち上がっては樽テーブルをくっつけ始めるエルナに、押されるがままのシグは顔を青く染め上げる。ボニファーツとの楽しい飲み会が、酒の味もわからなくなるほど恐ろしい飲み会になる予感がしてならない。

ボニファーツは若い女の子や女王様と飲めるとあってまんざらでもない笑《え》み。率先《そっせん》してエルナのテーブル移動を手伝っていた。

「すみません、一番強い火酒。ボトルで」

そして、シグは聞き逃《のが》さなかった。リタがポツリと放った注文を。ついこの間まで酒を飲んだこともなかった女の子が、頼《たの》むものではない。

茶色いボトルとロックグラスを持ち、エルナが作った席に座《すわ》り直すリタ。嫌《いや》な予感しかないシグは恐る恐る声をかける。

「リ、リタちゃんお酒強くなったんだね」

しかし、その質問に対する返事はなく、リタの手によりなみなみと火酒が注がれるロックグラスは、シグの前に出された。

「はい、シグ」

「……ありがとう」

当然ながらシグに断れるはずもなく、甘《あま》んじて無言の圧力を受け止める。

酔っ払って酩酊《めいてい》状態になったところで、ケツの穴に剣を刺す——リタの浅はかな計算など軽く看破していたシグだが、今のところ注がれた酒を断る術を持っていなかった。

「なんだ、仲いいんじゃねえか!」

「そうなんすよ、二人とも照れ屋なんすよ!」

甲斐甲斐《かいがい》しくシグの酒を注ぐリタを見ながら、手を叩《たた》いて喜ぶアデーレに、うんうんと頷《うなず》くエルナ。すでにお節介《せっかい》な酔っ払いと化している二人に、シグは(俺の尻《しり》が裂《さ》けたら君たちを一生恨《うら》む)と心の中で呟《つぶや》いた。

何も知らないボニファーツは女王様の宴会に参加できると張り切り、黄金の麦酒が入ったグラスを高々と掲げる。

「それじゃ、乾杯《かんぱい》しよう!」

「「乾杯~!」」

膨よかなおっさんと冴《さ》えない男に女の子との席を取られた周囲の忌々《いまいま》しい視線を集めな

がら、エルナ主催である飲み会の二回戦が始まった――。


「なんだおっちゃん、飲めるじゃねえか」

「豚とお呼びください、女王様！」

「おっさん豚なんすか？」

「あ、ごめん。君に呼んで貰いたいわけじゃないんだ」

自らを豚と蔑《さげす》み全力で楽しむボニファーツの傍《かたわ》ら、シグは一口飲むたび一口分の火酒が注がれるロックグラスに気を張り詰《つ》め、両手でボトルを持つリタを横目でチラチラと見つめた。女の子から酌《しゃく》をしてもらっているというのに、酒宴《しゅえん》を楽しむ気になど全くなれない。

なんとか注意を逸らそうと、ロックグラスの茶色い液体をじっと見つめるリタに話題を絞り出す。

「そ、そういえば、俺結構嬉《うれ》しかったな」

「……何が？」

「あの時、リタちゃんが来てくれて。あなたが何者であろうと構わないって」

怪物の姿となったソフィアに、リタが言った言葉。昔なら考えられもしない思想が、今の若い人の中にも根付き始めている。リタが言うのはともかくとして、シグは素直《すなお》に嬉しかった。変わり始めている世界を実感できたのだ。

「別に、あの子を助けようとしてるのはわかってたから……私も手伝おうって思っただけ」

リタは少し照れくさいのか唇《くちびる》を尖らせる。異邦人の本質は悪だとずっと思い込んで来たが、それは違うと今は知っている。シグの無抵抗《むていこう》の姿勢を見て、平和を願いながら封印《ふういん》された魔王の話も聞いた。イルゼ婆《ばあ》さんやウィレムなど異邦人の友人もできた。自分が仲良くできるのに、他の人が仲良くできないわけがないと信じている。

あの時、屋根の上から赤い異邦人と探索者たちのやり取りを見ていたリタは、なんとなく状況《じょうきょう》を察していた。シグルズが異邦人の脅威を、さらなる恐怖《きょうふ》で塗《ぬ》りつぶそうとしていることを。そしてソフィアを、魔王を退け、街を守った英雄《えいゆう》としようとしていたことも。

「でも、あの爆発はやりすぎ。街中であんなもの使うなんて」

「い、いやあれは、街から狂獣《きょうじゅう》を追い払うためにやったんだよ？」

あの爆発の直後、悪魔の光を目撃《もくげき》した獣たちは、一斉《いっせい》に街から逃げだしている。膨大《ぼうだい》な力の塊と恐怖、野生に近いほど本能が身の危険を感じ、戦意を喪失《そうしつ》させていた。

「それならレナートスの思うつぼじゃない。もう噂されてるよ？　魔王がルトイッツを襲《おそ》ったって」

「もともと俺が原因だし、そんな事でたくさん人を救えるなら構わないさ。リタちゃんも駆けつけてくれたしね」

「……そう」

頬《ほお》を染めるリタに向け、シグは笑みを浮かべ、火酒を一口含《ふく》んだ。

樽テーブルに置かれたロックグラスには、リタによって一口分の火酒を注がれる。（でも、やっぱり見逃《みのが》してくれないんだな）とシグは悟《さと》った。

シグがどのタイミングで本気の逃走《とうそう》を図《はか》ろうかと考えていたところに、陽気なエルナが割って入ってくる。

「何を二人でいちゃついてんすか！　今日はとことん飲むっすよ！　ていうか、シグっさんのその頭はどうしたんすか？」

昨夜、炎槍《えんそう》による火柱のせいで、シグの頭部は毬藻《まりも》のようにチリチリになっていた。

▼

街に張り巡らされた水路のほとり。ソフィアは煌《きら》びやかな灯《あか》りの反射する水面を眺《なが》めながら、脚を抱え座っていた。背中から聞こえてくる、夜の街の喧騒《けんそう》とは裏腹に、胸の中は憂鬱《ゆううつ》で満たされている。

仲間たちに異邦人《バーレルセル》であることが露見してしまったのは、つい昨日の出来事だ。隠れ異邦人であることを受け入れてはくれたが、いつも通り、という気持ちになれるはずもない。

そして、魔王から街を守った英雄として、持て囃《はや》されている自分に納得《なっとく》もいかない。

ルトイッツの街は、狂獣の暴走と悪魔《あくま》の光の出現から、ついに魔王が動いた、と言う噂で持ちきりだった。その魔の手に、スラウゼンの剣と我《わ》がルトイッツの炎槍が協力し、見事に撃退《げきたい》。消息不明だったスラウゼンの登場に、ソフィア隊の仲間の証言もあり、事の信憑性《しんぴょうせい》は高いという話。

しかし、真実はどうだ。自分は魔王に手も足も出ず、リタ・ヴァイカートが現れてくれなければ、あっけなく敗北していた。最後に炎槍を叩きこみはしたが、巨大な火柱の向こうに魔王の姿はなく、消えてしまったので本当に倒したのかもわからない。

仲間からは命を救ってくれたと感謝されるも、捉《とら》えどころのないもやもやとした感情がソフィアの胸の中にあった。

(なんで魔王は、僕《ぼく》に助言ばかりくれてたんだろ？　同じ異邦人としてかな)

そもそも、命を奪《うば》われそうだったのか——出ない答えに、自問自答を繰《く》り返していた。

「あれ？　ソフィアちゃん？」

名前を呼ばれたソフィアが振り返ると、頭の印象が大きく変わったシグが立っていた。

走っていたのか、息を切らしている。

「あ、シグさん！　無事でよかった！」

昨日の夜中、デニス探索隊の無事の知らせを聞いてはいたが、こうして顔を合わせると、安堵《あんど》の気持ちがこみ上げてくる。同じ隠れ異邦人の探索者として、シグには親近感を勝手に抱いていた。

「ソフィアちゃんが魔王から街を守ったんだってね！　すごいなあ」

「え、あ……うん。そういうことに、なってる」

当たり障《さわ》りのないおべっかを言うシグに、ソフィアは強い違和感《いわかん》を覚える。

シグがハッと何かに気が付き、焦《あせ》った様子で手を振った。

「それじゃ、俺今急いでるから！　また今度ゆっくり話を聞かせて！」

ソフィアは小さく手を振り、走っていくシグの背中を見送る。何かを見落としているような感覚。不自然さに首を傾《かし》げ――シグを追いかけるように走っていく金髪の女の子を見かけたところで、全てが繋《つな》がった。


「――あはは！」

救われたことに気が付いたソフィアは、ひとしきり笑い、涙《なみだ》を流した。

▼

やわらかな陽光が窓から差し込み、小鳥もさえずる清々《すがすが》しい朝。微睡《まどろ》みの中で瞼《まぶた》を薄《うす》く開ければ、視界の隙間《すきま》から光が入り意識を覚醒《かくせい》させる。

安っぽい作りの硬《かた》いベッドの上。シグは凝《こ》り固《かた》まった身体をほぐすように、伸《の》びをしながら掛《か》けていた布団《ふとん》をのける。

やけに気怠《けだる》さを感じる身体を起こし、辺りを確認《かくにん》すると、いつもお世話になっている宿の部屋だ。飾《かざ》られているのは芸術性のかけらもない絵画に、取って付けられたような薄い壺《つぼ》の調度品。普段《ふだん》となんの変わりもないいつもの光景――の中に、壁《かべ》を背もたれに椅子《いす》で眠《ねむ》りこけるリタがいた。

まさかと思い、口を開け衝撃的《しょうげきてき》な表情で固まるシグ。驚愕《きょうがく》のあまり心臓が止まりかけるが（いや、リタちゃんはただ座っているだけだ）と思い直す。

昨日最後に何があったのかと記憶《きおく》を辿《たど》っても、酔っぱらいすぎたリタに追い回され、左《ひだり》腕《うで》を掴《つか》まれたところからプツリと途切《とぎ》れている。一体何がどうなってこういった状況になっているのか、全くわからない。

混乱する頭で考えていると、リタがパッチリと目を開ける。手を上げて伸びをし、寝《ね》ぼけ眼《まなこ》で真《ま》っ直《す》ぐにシグを見つめた。

「おはよう」

まるで、普通《ふつう》の日常のように挨拶するリタ。その青い瞳からは何も察することが出来ず、あれから何があったのか、リタには記憶があるのか、また何かをやってしまったのかも判断がつかない。

「お、おはよう」

シグは黙《だま》ったまま恐怖に慄《おのの》く表情を返し、朝日が差し込む窓に視線を送り、目を細める。外からは街道を行き交《か》う人々の活気溢れる声が聞こえ、ルトイッツがいつものように賑《にぎ》わっていることを教えてくれた。

シグが現実から逃避《とうひ》していると、満面の笑みのリタが口を開く。

「いい朝だね、気分はどう？」

「え？　ああ、そうだね、気分はいいよ。ちょっと飲みすぎちゃったのか、身体が重く感じるけど」

身体が重く感じることより、リタの笑顔《えがお》が怖《こわ》く感じる。昨晩、あれから何があったのか、記憶は靄《もや》がかかったように思い出すことができない。爽《さわ》やかに広がる青空を見つめながら、

（昨日の記憶よ、深淵の力で蘇《よみがえ》れ！）と心底願った。

「喉乾《のどかわ》いたよね、紅茶淹《い》れようか？」

リタが言いながら、椅子から立ち上がる。およそリタの口から出た台詞《せりふ》とは思えない言葉に、シグは驚《おどろ》きのあまり背筋をピンと伸ばし、ガッチガチに固まった。

（一体何だ、俺《おれ》は昨日何をしてしまったんだ）

謝罪か弁明か――一瞬脳裏《いっしゅんのうり》をよぎるが、前回学習したことから理由のわからない謝罪が悪手であることはシグも知っている。

ここは一服して落ち着き、その上で冷静にリタから状況を聞くべきか、シグの対応力が問われる大一番だった。

「……」

が、言葉が何も出てこない。

返答がないシグの下へ、まるで憑《つ》き物が落ちたように和《なご》やかな笑みを浮かべるリタが歩み寄り、ベッドの端《はし》に座る。シグはどうしたらいいかわからず、ただリタを見つめることしかできなかった。

「ねえ、シグ」

「は、はい！」

「それ、私からの贈り物《プレゼント》」

リタに指し示されたシグの左手首には、腕輪《うでわ》がつけられていた。手の込んだ紋様《もんよう》が彫《ほ》られた、金色の腕輪。

「わ、わあ、ありがとう。何これ？　どこで買ったの？」

「遺物の封輪《ふうりん》。地下迷宮《めいきゅう》で拾ったの」

「え？」

▼

ルトイッツの街を出発する四頭の馬に引かれた駅馬車——十人乗りの大きく堅固《けんご》な造りの車内では、憂鬱な表情のエマが慣れ親しんだルトイッツを眺め揺られていた。

地下迷宮の冒険《ぼうけん》から三日。隊長であるデニスの怪我の療養《りょうよう》により、探索隊は活動を休止。エマ自身も竜《りゅう》を倒す目的を果たしたため、ルトイッツに滞在《たいざい》する理由がない。これ以上危険を冒《おか》すことはない、とシグやエーファからの勧《すす》めもあり、ジンデアへと帰ることになっ

た。

へし折った竜の牙《きば》や臓物を持ち帰り、仲間たちの証言もあって遺跡管理局のルトイッツ狂化竜獣討伐《リントヴルムとうばつ》証明書も頂いた。エマの夏休みの冒険は大成功といっても良い。あとは、休講明けの新学期で周りに自分の力を誇示《こじ》し、立派な魔術士として認めさせるだけ。

しかし、エマの胸の中の靄は晴れなかった。

(世界には、すごい人たちが沢山《たくさん》いる……)

小物の竜をたった一匹倒《たお》したところで、自分は認められて良いものか、と考えていたのだ。リタに助けられたこともあり、偉業《いぎょう》を達成した気分にもなれない。

(もっと強くならなきゃ。そうしたらきっと、誰《だれ》もが認めてくれる魔術士になれる)

誰かに認められる前に、自分が自分を認めなければならない。遠く離《はな》れていくルトイッツを見つめながら、更《さら》なる高みを目指すことを心に誓《ちか》った。

「……その前に杖《つえ》か」

ルトイッツ狂化竜獣討伐証明書の代償《だいしょう》に、折られてしまったお気に入りの杖。休講明けに杖を持っていないとなれば、それこそ魔術士としての自覚が足りないとバカにされる。

手に入れた竜の素材で格好の良い杖でも作ろうかな、と妄想《もうそう》は膨らむが、現実は厳しく、魔術用の杖を作るのには結構なお金がかかる。高価な装飾《そうしょく》が無くても、もし特注品の杖で新調するとなれば、エマの残りの夏休みは魔術の鍛錬《たんれん》や勉強どころではなく、薬剤《やくざい》を作る仕事で消費されることになってしまうだろう。薬という貴重品を作る仕事でも、エマのような学生は安い給料で働かされるのが世の常だった。

いっそのこと、竜の牙を売って既製品《きせいひん》の杖を購入《こうにゅう》しようか悩んでいると、

「――あっれ……エマじゃん！」

突然《とつぜん》、後ろの席に座る女性から声をかけられる。エマが振り向いた先には、切れ長の瞳と整った顔立ちの法術士、アデーレが座っていた。

「あ、どうも」

「なに、エマもジンデア行くの？」

「はい、魔術学校の生徒なので」

「へ～奇遇だ、私もジンデアで仕事なんだよ――」

エマは、たまたま後ろに座っていた女王様との出会いにより、自身の運命が大きく変わっていくことを、この時はまだ知らなかった。

▼

気温の高い午下、ルトイッツ街はずれの東門にて。太陽が自らの存在を誇示するような日差しのもと、虚《うつ》ろな目をしたシグと明朗快活な笑みを浮《う》かべるエルナは、汗水《あせみず》たらしながら馬車に大荷物を積《つ》み込んでいた。

リタに捕《つか》まり、深淵《しんえん》の力を封印されたシグは、スラウゼンにあるリタの家に連行されることとなった。突然ルトイッツを出るというシグに、探索隊の活動休止により暇《ひま》を持て余したボニファーツも、シグの新たな門出《かどで》を祝うつもりで手伝っている。

「スラウゼンにはシュテノヴの港町ヴェリュックから船で行くルートになるんすけど、ケーニッツ村寄っていきたいっすか？」

「あ、うん。それよりこの沢山の荷物なに？」

「闇市《やみいち》に流れてた遺跡発掘品《いせきはっくつひん》っすよ。これ遺跡から遠い国だと高く売れるんすわ」

「へ～、そうなんだ。……密輸？」

「密輸っすね」

「そっかあ、捕まらないの？」

「そん時はそん時っすよ」

強力な封輪による深淵の力の封印、エルナの無計画であろう発掘品の密輸、シグはこんな危険な旅から今すぐにでも逃《に》げ出したい気分。発掘品の密輸という困難を乗り越《こ》えても、待っているのはリタによる監禁《かんきん》、という悲惨《ひさん》な結末だ。

エルナが親指をグッと立てて片目を瞑ると、ボニファーツも二重顎《あご》を揺らしながら笑う。

「そうだよ、シグさん。何事もやってみなければわからないんだから。密輸だって結婚《けっこん》だって、やってダメなら仕方ないよ。僕も一回失敗してバツイチなんだけどね、はっは！」

シグは勘違《かんちが》いしているボニファーツの戯言《たわごと》に返事することなく、革袋《かわぶくろ》に包まれた謎《なぞ》の商品を荷台に放《ほう》り込んだ。リタの曖昧《あいまい》な説明のせいで、シグはリタとの結婚から逃げ現実逃避をしていた男、と仲間たちに誤解されていた。なぜ、こんな事態になってしまったのだろうか、と考えても出ない答え。

デニスも見送りに来てくれると申し出たが、シグは丁重《ていちょう》に断った。右足を骨折しているため、わざわざ来てもらうのも忍《しの》びなく、自宅で療養して貰《もら》った方が良い。今頃《いまごろ》はきっと、エーファが甲斐甲斐しく世話をしている。

「あ、リタっち！」

エルナが手を大きく振る先、通りの向こうからリタが歩いてくる。

「――エルナちゃん、準備終わった？」

「もう終わるっすよ、すぐに出発もできるっす」

「うん。それよりこの大きな荷物なんなの？　必要なもの？」

「ルトイッツの特産品っす。ここら辺は変わった風土だし、珍《めずら》しいものが多いんすよ」

「へ～、そうなんだ」

シグはエルナがついた小さな嘘《うそ》に構うことなく、馬車の荷台に紐《ひも》をしっかりと括《くく》り付ける。リタに密輸がバレ、今更《いまさら》荷ほどきとかもう面倒《めんどう》くさい。

「アデーレの姉さんとかに挨拶済んだんすか？」

「済んだよ。次の仕事でジンデアの都に向かうって、さっき出発した」

「は～、ジンデアって学術都市じゃないっすか。ケツ叩かれたい人なんていするんすかね」

「わかんないけど」

黒い外套《がいとう》の頭巾《ずきん》をかぶり直したシグは、御者台《ぎょしゃだい》に昇《のぼ》り出発の手綱《たづな》を握《にぎ》る。ボニファーツが行儀良く待っている二頭の馬と荷台を繋ぐ胴《どう》引《び》きを念入りに点検し、安全を確認。

「それじゃ、行こうか」

二人に向かってシグが合図を送ると、エルナは荷台に乗り込み、リタが御者台のシグの隣に座った。

「シグさん、元気でね」

「ボニさんも」

腹を揺らしながら大きく手を振るボニファーツに、シグは片手を上げてニッと笑顔を送る。一ヶ月という短い間だったが、共に遺跡へ潜《もぐ》り、ボニファーツとはとても良い友人になれた気がした。

シグが長い鞭《むち》を振るうとゆっくりと二頭の馬が歩き出し、荷台の車輪がギシギシと音を立てて回り始める。

「またいつか！」

ボニファーツの元気な声に送られながら、シグは新たな一歩を踏《ふ》み出した。隣に座り、膝《ひざ》を抱えたリタと歩む道を——どうやって逃げようかと考えながら。

「魔王《まおう》ってことは伏《ふ》せるけど、お母さんにちゃんと紹介《しょうかい》するし、私の家で養うから生活は心配しないで……あと」

（国境の関所で密輸品をばら撒《ま》いて、その混乱の中なら——）

「また逃げたら、許さないから」

振り向いたシグは、引きつった笑顔でニッコリと頷く。見透《みす》かされたようなリタの発言に、心の中は戦々恐々とした気分。

そんなシグの気持ちもつゆ知らず。リタは照れ臭《くさ》そうに唇を尖らし、ほんのりと頬を赤らめながら小さく呟く。

「絶対にだ」

▼

シュテノヴ特務課　報局《ちょうほうきょく》　局長室――。

目の落ち窪《くぼ》んだ陰気《いんき》な男は、密書に目を通しながら、難しい顔を作っていた。それはウィレムから届けられたレナートスの動向の報告と、遺跡《いせき》に関する調査をまとめたもの。

まず目を惹《ひ》いたのは、〝高貴なる者〟という組織だった。

ディルクもかつて世界を裏から操《あやつ》った高貴なる者の話は知っていたが、古くからある噂《うわさ》話《ばなし》の域を出ないものと考えていた。

選ばれた十二人を頂点に置いた組織であり、初代勇者を見つけ出し、実質異邦人の手から世界を救った者たち。だが、裏では各国の王室や政治中枢《ちゅうすう》を支配し、大国同士の戦争に介入《かいにゅう》していたとも伝えられている。

もちろん一般《いっぱん》には出回らない噂《うわさ》であり、遡《さかのぼ》れば数百年も昔の胡散臭《うさんくさ》い話まである。実際にそのような組織があったとしても、とっくに解体されているものだと考えるのが普通だった。

「まだ存在していたとはな……」

シュテノヴの弱点を理解していたディルクは、ウィレムの報告を素直に受け入れることができた。王の専制政治と貴族の支配からの革命による脱却《だっきゃく》。民主的な自由を得た代わりにシュテノヴが失ったものは、国家としての権勢だけではない。

書面に残らない申し送り事項《じこう》や、各国の表に出ない権力者との繋がり、日の目を見ることのなかった闇《やみ》の歴史も失ってしまったのだ。

もしも、高貴なる者たちが今でも世界に影響力《えいきょうりょく》を持っているならば、処断した王族や貴族の中に、彼《かれ》らとの繋がりを持つ者がいた可能性があった。

当然、高貴なる者の影響力の外に出て成長した国家であるシュテノヴは、その権力の庇《ひ》護下《ごか》に置かれることはない。

（シュテノヴが力を持つことは面白《おもしろ》くない、か）

最近の隣国《りんごく》ザースデンや、フィノイ王国の不穏《ふおん》な動きも邪推《じゃすい》してしまう。

しかし、ディルクはこの件についてあまり焦った様子もなく、淡々《たんたん》と報告書を読み進めるだけ。高貴なる者、という敵の正体が見えてしまえば、ディルクにとって難しい問題ではなくなる。一手一手詰めるように追い込《こ》み、世界を動かしている気分になっているダニを一匹ずつ縊《くび》り殺していけばいいだけの事だった。

ただ、気になるのは敵にどの程度の手駒《てごま》が揃《そろ》っているのか。

ディルクの手に持つ血に染まった報告書と、直に報告することができなかったウィレムを考えれば、敵の中にも相当な戦力があると推察できた。

「我々に手を出せばどうなるか、後悔《こうかい》させてやろう」

両手を組んで次の一手を講じながら、悪魔のような笑みを浮かべた——。

▼

天窓のステンドグラスから差し込む色彩鮮《しきさいあざ》やかな光。中央に置かれた白い大理石のテーブルに、豪奢《ごうしゃ》な彫刻《ちょうこく》が施《ほどこ》された石柱が並ぶ大きな部屋。造りや椅子の配置は会議室と呼ぶべきものか、荘厳《そうごん》で重苦しい空気は聖堂に近い趣《おもむ》きがある。

テーブルの周囲には十二脚の椅子が並べられるが、座っているのは五人の男に一人の女。老齢《ろうれい》の者もいれば年若い者もいるため、彼らに共通性は見られないが、強《し》いて言えばどこか威厳《いげん》のある風格を持っている。それは権力者独特の気配といったものか、自らに対する自信と言い換《か》えても良い。

ただ、六人は仲良く談笑《だんしょう》しているわけではなく、張り詰めた空気の中で睨《にら》み合っていた。

厳《おごそ》かで立派な法衣《ほうえ》を纏《まと》った老人が、静かに口を開く。

「レナートスの報告によると、ルトイッツの街の被害《ひがい》は少なく、人々の魔王に対する憎悪《ぞうお》が大きく膨《ふく》らむこともなかったため作戦は失敗。異邦《いほう》の王はスラウゼンに向かったそうだ」

「簡単に失敗したと言ってくれますけど、レナートスはあなたの推薦《すいせん》ですよ。街を半壊させてまで行った作戦なのですから、何かしらの責任を取るべきではありませんか?」

噛《か》み付くように声をあげたのは、冷たい目をした女。派手すぎず、地味すぎない真っ赤なドレスを身に纏い、頭には同色のつば広帽子にレースがかかる。歳は三十前後といったところか、丁寧《ていねい》な言葉の中にも刺すような棘《とげ》があった。

レナートスの失敗に遺憾《いかん》を表明する女に対し、あからさまな成金といった格好の初老が腹に蓄《たくわ》えた贅肉《ぜいにく》を叩きながら笑う。

「はっはあ! まあいいじゃないか、僕たちが何を失ったわけでもない。それにフェルステ猊下《げいか》の案は僕たちの総意で決められたことさ。多数決であってもね」

ドレスの女は肥えた男にあからさまな嫌悪感《けんおかん》の混じった視線を送り、口を真っ直ぐに結ぶ。まるで下々の人とは話したくないといった様子。

いい歳をして子供みたいなことをする女に呆《あき》れたのか、小綺麗《こぎれい》な服に身を包む細身の中年男が間を取り持つように発言する。

「過ぎたことを口にしても仕方ありません。我々が今考えるのは、スラウゼンに向かった魔王をどうすべきか、ということでしょう？」

「まあ、そうね」

細身の男に諭《さと》され溜飲《りゅういん》を下げたのか、ドレスの女は鼻を鳴らしながら頷いた。

「まどろっこしいことはやめて軍を使えばいい。悪魔の光による戦力の消耗《しょうもう》を気にするのであれば、我がテスガルト帝国《ていこく》から兵士を派遣《はけん》しよう」

提案したのは紋様の施された甲冑《かっちゅう》を着ける茶髪《ちゃぱつ》の男。一見すれば端整《たんせい》な顔立ちだが、その眼光は睨みつけるものを射貫《いぬ》くように鋭《するど》い。

無表情で強気な提案をする甲冑の男に、異を唱えるのはフェルステと呼ばれた法衣を纏う老人。

「それでは角が立ちすぎる。人と異邦人の融和《ゆうわ》を叫ぶ輩《やから》もいるのでな、あくまで人が異邦人と相容《あいい》れない存在だと気づかせることが、我々の成すべきこと」

「そうよ、テスガルトの軍にフィノイ王国を跨《また》がせるわけにはいきませんし、シュテノヴだって通してはくれないでしょう？」

続いてドレスの女までもが意見する。

テスガルトはフィノイ王国から船で渡《わた》った西大陸を統《す》べる国。スラウゼンまで軍を派遣するとなれば一触即発《いっしょくそくはつ》状態の東大陸に火薬を投げ入れるようなものであり、他国の軍をむざむざ通すなど国の威信《いしん》にかけてもあり得ないこと。

「ならばどうする。コンスタンツェ妃殿下がフィノイ王国の軟弱《なんじゃく》な兵士でも派遣するか？　それとも偉大《いだい》な枢機卿が聖導教団お得意の祈《いの》りでも捧《ささ》げてみるか？」

あからさまな挑発《ちょうはつ》に、わざわざ妃殿下と呼ぶ皮肉。赤いドレスの女、コンスタンツェは顔を赤くして黙り込む。強大なテスガルト帝国で強大な権力を待つ甲冑の男と舌戦《ぜっせん》を繰り広げるのは、一国の妃《きさき》でも勇気がいることだった。

フェルステはくだらない戯言だと理解しているのか、笑みを浮かべたまま。

甲冑の男のせいでさらに空気の悪くなった会議に、先程《さきほど》から黙っていた義手の青年が発言する。

「僕《ぼく》たちは人同士の争いを望みません。あくまで目指すのは、人と異邦人《バーレルセル》が争う世界、我々が神の存在を思い出し、崇《あが》め敬うより良き世界です。長き旅を終えた神々が帰還《きかん》なされた際、失望されないように」

甲冑の男は、青年を射貫くように睨みつけた。

「貴様の意見など聞いてはいないぞ、新参の小僧《こぞう》。誰と話しているか立場をわきまえろ」

「立場をわきまえるなら、この場の十二人会議において僕たちは同格のはずです。我々はより良き世界を目指す同志なのですから」

権力を持つ者から恫喝《どうかつ》に似た言葉を受けても物怖《ものお》じしない青年は、右手を模した義手をカチャリと鳴らしながら、天窓のステンドグラスに描《えが》かれた肖像《しょうぞう》を指し示す。

「もし、我々高貴なる者がより良き世界へ導くことに失敗すれば、人は破滅《はめつ》する。皆《みな》さんもご理解なされているでしょう？　ここは一枚岩となり、団結すべきところです」

六人は神々の肖像が描かれたステンドグラスを見上げながら、やがて起こりうる滅亡《めつぼう》の瞬間《しゅんかん》を想起する。それは人が長い時をかけ積み上げてきた物が崩《くず》れ去り、再び何もない荒《こう》野《や》へと戻《もど》される光景だった。

高貴なる者のなんたるかを諭された甲冑の男はわざとらしく舌を打ち、大きなものに巻かれない気骨ある若い青年に薄い笑みを送った。

「……何か妙案《みょうあん》があるのか？　スラウゼンの小僧」

義手の青年は甲冑の男に問われ、静かに頷く。

「超越級《トランスツエンデンツ》には超越級を。ここはひとつ、異邦人《バーレルセル》同士で争ってもらいましょう」

青年の言葉に感心の意を見せ頷く者もいれば、不思議そうにする者まで反応は様々。

「世界を揺《ゆ》るがす脅威《きょうい》は、悪魔の光だけではありませんから」

訝《いぶか》しげな目で見つめられる青年は、厳かに両手を広げ、古傷を覆う義手を小さく鳴らした――

▼

ザースデンとシュテノヴの国境付近。エルナが密輸品を持って国を跨げるよう悪い人と交渉《こうしょう》をするため、休憩《きゅうけい》、と言う名目で街道の端に馬車を止める。

雲一つ見当たらない真っ青な空、御者台から眺める土と緑の穏《おだ》やかな風景。手を頭の後ろで組み暇を持て余すシグの下に、大きなキャスケット帽《ぼう》を目深《まぶか》に被《かぶ》る少女がやってきた。

「お、郵便屋か」

クリッとした銀色の瞳《ひとみ》をシグに向ける郵便屋は、肩掛《かたか》け鞄《かばん》の中から一通の封筒《ふうとう》を取り出す。

「シグルズ、お手紙」

「代金は？」

「大丈夫《だいじょうぶ》、元払《もとばら》い」

旧知の間柄《あいだがら》なのか、シグは慣れた様子で郵便屋から封筒を受け取る。誰から、と思うことはない。郵便屋を使って手紙を送ってくる心当たりは、一人しかいなかった。

封を開ければ、差出人は当然のようにアンネローゼ。中身は綺麗《きれい》な文字で書かれたごく短い内容の手紙と、二枚の写真だった。

――シグルズ様へ

新生魔王軍、結成いたしました。

いつまでもシグルズ様の臣下　アンネローゼより

その報告と、新生魔王軍集合写真。もう一枚、魔王っぽい黒ずくめの格好で決め顔を作るアンネローゼの写真が届き、シグは目を丸くして絶句する。

よくよく見れば、差し出した日付は三ヶ月も前。郵便屋の配達が遅《おく》れるわけがなく、なぜこの時期に届いたのか、一体アンネローゼは何をやらかそうとしているのか、いくら考えても答えに辿り着かない。

「どうしたの？」

いつの間にか御者台の下にいたリタが、わなわなと震《ふる》えるシグの顔を覗《のぞ》き込む。

「あ！　いや、何でもないよ。知り合いから手紙が届いただけ」

シグは慌《あわ》てて手紙を丸め、懐《ふところ》にしまい込む。ことの詳細《しょうさい》について知りたかったが、気がつけば郵便屋の姿も無い。

「ふ～ん……まあ何でもいいけど」

リタはあまり腑《ふ》に落ちていなかったが、深く追及《ついきゅう》することはなかった。

御者台に上がったリタはシグの隣《となり》に座《すわ》ると腕《うで》を上げ、ぐっと背筋を伸ばす。

「ねえ、シグ。聞いてもいい？　あなたのこと」

「え、俺の？」

「うん……これまでどういう風に暮らしてきたとか、昔どんなことがあったとかでもいいし、些細《ささい》なことでも。私、シグのこと何も知らないからさ」

「昔のことって言っても、いろいろありすぎて何から話せばいいか……あ～、そうか、そうだ！」

魔王の昔話をせがまれたシグは少し困りながらも、ケーニッツの村で初めてリタに会ったときを思い出す。何を話しても碌《ろく》な返事をしなかったリタと、今は自然に会話ができていることに気が付いた。

「俺がみんなから魔王って呼ばれる前の話。ケーニッツみたいな小さい村なんだけど、そこで農作業手伝っててさ――」
思い出を語るシグの隣で、リタはうんうんと頷《うなず》きながら、小さく笑った。

あとがき

山川海です。この度は、「引退魔王は悠々自適に暮らしたい」二巻をお読みいただき、誠にありがとうございます。

この本が発刊されている頃は、年が明けて２０２４年となっているはずですが、私があとがきを書いている今は２０２３年12月の上旬。そう、クリスマスに向けてケンタッキーの予約をしなければいけない時期です。

ここ数年はケンタッキーの予約を忘れ、クリスマス当日にわずかな可能性を信じてお店に行き、激混みで購入できない――という辛酸を舐めてきました。

今年こそはケンタッキークリスマス！　明日予約してきます。

それでは感謝を込めて、このあとがきを締めくくります。改めて本作品をお読みいただき、本当にありがとうございました。皆様の幸せと繁栄を心からお祈り申し上げます。

――山川海

HJ NOVELS
HJN74-02

引退魔王は悠々自適に暮らしたい 2

辺境で平穏な日々を送っていたら、女勇者が追ってきた

2024年1月19日　初版発行

著者――山川海

発行者―松下大介

発行所―株式会社ホビージャパン

〒151-0053
東京都渋谷区代々木2-15-8
電話　03(5304)7604（編集）
　　　03(5304)9112（営業）

印刷所――大日本印刷株式会社

装丁――ansyyqdesign／株式会社エストール

Printed in Japan

ISBN978-4-7986-3389-3　C0076

ファンレター、作品のご感想お待ちしております

〒151－0053　東京都渋谷区代々木2－15－8
(株)ホビージャパン HJノベルス編集部 気付
山川海 先生／鍋島テツヒロ 先生